巫觋咖啡馆之梧桐路篇（简体字版）

THE WITCH & WARLOCK CAFÉ ON WUTONG ROAD
(IN SIMPLIFIED CHINESE CHARACTERS)

B杜

British Library Cataloguing-in-Publication Data. A CIP catalogue record for this book is available from the British Library.

ISBN 978-1-913080-79-2 (ebook)
ISBN 978-1-913080-78-5 (print)

For my Family

引子

梧桐路上种了很多梧桐树，随着春天的脚步近了，绿意悄悄地爬上树梢以及路两旁那一栋栋有着红色瓦顶与青灰色墙体的深宅大院，在碧空如洗的衬托下，宛若一幅腊去春来的风景画。

话说梧桐路上的每一栋老洋房都携带故事，它们有的唯美浪漫，有的悲壮凄凉，有的可歌可泣，不仅墨客雅士喜欢来此感受人文情怀，时尚博主和小年轻们也欢喜在此街拍打卡，于是特色小店如雨后春笋般涌现，它们很可能开在老公寓的楼底，也可能在旧式弄堂里，毕竟欧式大宅院不时兴彼此紧挨着，大房子和大房子之间刚好可以塞进一些平民陋室，这也是梧桐路的特别之处——贫富交错却不违和，一派和谐景象。

就在三步一花店，五步一茶室的梧桐路上，不知何时突然冒出一家"奇怪"的店。

何以为怪？首先，店名《巫觋咖啡馆》就很奇怪，有人甚至不知"觋"该怎么念？不过店主早有准备，在"觋"字下方标注读音（二声Xi），同时在店门口立了一个人字板，上面工工整整地写着：**凡以神仕者，掌三辰之法，以犹鬼神示之居，在**

女曰巫，在男曰觋（翻成白话的意思便是施通灵之术者，女性叫巫，男性叫觋）；其次，出现的时间很奇怪。这家咖啡馆的前身是个杂货铺，经营不善后一直空置着，某天一觉醒来竟成了咖啡馆，速度之快令人咋舌；其三，经营的方式很奇怪。开的是咖啡馆，当然希望客似云来，但实际情况好像并非如此，比如馆内的绛红色窗帘总是拉上，外面看不见里面。还有，门板上虽然挂着"营业中"的牌子，但门把经常转不开，所以即使客人有心上门，大概很快会打消主意。

正当大家以为这是一家永远不开张的咖啡馆时，门把忽然被转开了，巫觋咖啡馆总算有了第一位客人……

第一位客人：杨梅

杨梅 _1

I

菲律宾的锡亚高岛一年只有旱、雨两季，现在是雨季，雨水往往不打一声招呼就翩然而至，不过来得快去得也快，和旱季的炙热比，雨季显然宜人许多。

"羊妹妹，妳果然在这里。快起来，有学员指定要妳。"

说话的是启东，他是岛上唯一一家华人冲浪俱乐部的少东。

"我才刚躺下没多久，连天上的云朵都还未数完，你就过来喊人，可真会折腾人！"说完，杨梅从岩石上坐起。

"那妳继续晒日光浴好了，我让Yam去。"他答。

杨梅想到自己的口袋内只有50比索，再不开工，连一个毛鸭蛋都买不起，遂赶紧把散落在岩石上的比基尼泳装和水母衣穿上，同时答："当然我去。"

你若问杨梅就这么赤条条地躺在大太阳底下，难道不害臊？

嘻！还真没有。

早些时候她更放肆，想裸体就裸体，不分时间和场合。自从被某些卫道人士"不间断"地投诉后，现在的她已经收敛很多，懂得找偏僻一点儿的地方"解放"。至于启东……他俩十一、二岁时就认识，后来还……反正身上有几颗痣，彼此闭着眼睛都能指出来，何需躲藏？

"待会儿上完课记得来找我，我有礼物送妳。"启东对她说。

"真的？那么我得好好上课，不毁你家的金字招牌。"杨梅笑嘻嘻地答。

杨梅 -2

2

马尼拉没有直飞锡亚高的班机，一般都是从宿务或者达沃转机，正由于交通上的不便，才保留住这个小岛的原始风貌。

杨梅不止一次听游客谈起锡亚高的"原生态"（这是比较体面的说法，事实上就是贫穷）。拿物质来说事，锡亚高肯定穷得叮当响，但这不表示岛民的精神生活就匮乏，好比她和母亲，住的是最简陋的棚子，连挡风遮雨的效果都达不到（风一吹就摇摇欲坠；雨一下就进大水），但她俩和这里的居民一样，时不时把微笑挂在嘴边，这大概就是所谓的"知足常乐"吧！

"妈，妳为什么要从里格半岛千里迢迢来到人均收入依然很低的地方？"杨梅曾问母亲。

"我跟着一位有着火山岩肤色的男人来到这里，后来发现回不去了，索性便留下来。"

"为什么回不去？"

"因为没钱。"

没钱是真的，但这绝对不是主因，杨梅猜想是私奔所带来的"耻辱"让母亲回不了家。

"依汝，"母亲忽然唤她的乳名，"妳不会怪妈吧？！"

"当然不，我喜欢这里，不用上学还能天天冲浪，多爽！"

以前，杨梅总要爬山涉水去上课，由于学习不好，经常挨骂。来到锡亚高之后，简直如鱼得水，如果冲浪也给证书，她起码能拿到一个学士文凭，而不是现实生活中的小学肄业（事实上她只读到小四，而且年年不吉格）。

虽然现在的杨梅也算是有了一技之长，但和这里的职业浪人比，实在是小巫见大巫，这也是到目前为止她仍拿最低时薪的原因。

别看她已经苦哈哈了，她母亲比她还随心所欲，不到火烧屁股，绝不轻言打工。

可想而知，身为"日光族"的两人，生活有多拮据。

还好想在岛上饿死很难（树上有免费的椰子可摘，海里还有取之不尽的鱼儿可食），这些年就靠着老天爷的眷顾，母女俩才得以相安无事地度过这么多风雨飘摇的日子。

杨梅 3

3

找杨梅的学员住在岛上最好的度假村，听说已经住了有一段时日，不过最近才开始学冲浪，这也是她挺不明白的地方。如果想看海，那个男人应该去长滩岛、薄荷岛、爱妮岛……等，那里的沙滩更美、海水更清澈、美食更多、购物更方便。锡亚高了不起就是个冲浪天堂，来到冲浪天堂却迟迟不冲浪，跟"入宝山，空手回"没两样，还好他及时醒悟过来。

"Hi，又见面了。"那个麻子脸男人向她挥手。

"我以为你放弃了。"

"不能放弃，放弃就输了。"

昨天吓到腿软的他，今日却是正能量满满，很好，勇气可嘉！

"走吧！"她说。

锡亚高的海岸线有无数个浪点，其中最著名的就是九霄云（Cloud 9）。杨梅当然也想挑战那个浪点，但今天的学员是个新手，断不可能让他置身于危险之中，所以还是选择老地方，可是……

"下雨了。"学员仰天喃喃道。

"没事，一会儿就会停。"

他几度欲言又止，最后还是把话吞下去。

杨梅把他带到岸边，让他重复昨天做过的动作（趴在冲浪板上划水，然后跪着，接着站起）。就这么练习了十几个来回后，她拉他到浪浅的地方进行实战。

老实说，这个男人的平衡感是杨梅教过的学员当中最差的，看他笨手笨脚的样子，有时她都忍俊不禁笑场。被取笑的男人倒不生气，反而很兴奋，真让人想不透。

"啊～"一个大浪打过来，麻子脸学员吓得尖叫起来。

杨梅正要提醒他冷静，另一个大浪又过来，顿时像发生惨案似的（很难想象一个男人也能发出那么高分贝的声音）。

没等杨梅反应过来，下一秒竟传来"噗通"一声，她的学员落水了。

事不宜迟，她立马潜水救人。

别看此处的海水不深，但底下有礁石及珊瑚，稍不慎很容易划伤。

"我……我流血了。"被救上岸的男人哭丧着脸，仿佛世界末日。

其实那是个很小的伤口，小到能直接忽视，但他一直喊疼，杨梅只好暂停课程。

"妳能送我回度假村吗？"他惨兮兮地问。

"不行。"

"我买了两个小时的课程，就当上课吧！妳不用另找时间补课。"

这倒是个不错的交易，于是她点头同意了。

"不行。"

"我买了两个小时的课程，就当上课吧！妳不用另找时间补课。"

这倒是个不错的交易，于是她点头同意了。

杨梅_4

4

"杨梅"是汉文名，她的真实姓名其实叫里格宾玛其珠（里格是姓，宾玛其珠是名）。听她的母亲说，摩梭人的姓氏大多因地名而起，"里格"便是。

说到"里格"半岛，那是杨梅从小居住的地方，就位于泸沽湖的西北部，三面环水，背靠格姆女神山。长久以来，那里一直人烟稀少，也不知是谁后来发现了这么个好地方，并且利用互联网的威力传播出去，让这个淳朴的村子一下子涌入大量的观光客，打破了宁静。

"妳父亲就是其中一位游客，他不了解摩梭人的习俗，后来我们分开了。"她母亲云淡风轻地解释。

"父不详"对杨梅来说不是那么难以接受，因为摩梭人是母系社会，孩子跟着妈妈，"不知父亲是谁"并不奇怪。

"妳有那么多情人，怎么知道我父亲是哪位？"杨梅曾好奇一问。

"我当然知道，以后妳也会知道。"

从这个回答，不难发现杨梅的母亲对她的交友采放任的态度，但千万别误会，摩梭女人向来不"随便"，看得顺眼才上床，看不顺眼……抵死不从！

"妳……妳不是摩梭人吗？"杨梅的学员问，脸上有明显的巴掌印。

"我是。"

"那……那妳还拒绝我？"

杨梅真不知道别人是怎么理解的，摩梭女人可不是"来者不拒"，更不是"招之即来，挥之即去"，相反的，她们拥有绝对的选择权，男人只有"被接受"或"被拒绝"（显然这位学员不入杨梅的眼，所以"被拒绝"了）。

听完解释，学员问："如果……如果给钱，情况会不会不一样？"

"你打算给多少？"

那个男人颇为兴奋地呈上皮夹，豪气地说："通通拿走。"

杨梅打开皮夹，里面有一沓纸钞，少说也有几万比索。

"快上来，小宝贝儿！"他拍拍那张雪白的圆床，"春宵一刻值千金。"

那张猥琐的面孔让杨梅恶心到想吐，她愤而将皮夹甩向空中，花花绿绿的钞票从天而降，像下了一场色彩缤纷的纸雨。

杨梅 5

5

杨梅到俱乐部找启东，他说她今天下课晚了。

"学员受伤了，我送他回度假村。"她答。

"妳……"

"没有，那个人的脸坑坑巴巴的，我不喜欢。"

启东笑了。

老实说，杨梅隐约感觉到启东总想替她的上床对象把关。虽然他是她的第一个男人，但管得未免也太宽了？

"你不是说有东西送我？"杨梅转移话题。

"嗯！不过妳得闭上眼睛才行。"

这有什么困难？她立马合上双眼，再睁眼时，一个橙红色的全新冲浪板就立在眼前。

"啧啧啧！真豪华。"她看直了眼。

"羊妹妹，祝妳天天开心！"他说。

虽然那个有张"芝麻烧饼"脸的男人的确坏了杨梅的心情，但收到礼物后的她，瞬间就将不快置之脑后。

"谢谢启东哥哥！"她眉开眼笑地答。

"要不要试试新东西？"

"当然，现在就去！"

杨梅 _6

6

摩梭人为孩子取名通常在三岁以后，三岁之前多半取一些挺随意的名字，像是家畜之类（好比杨梅的乳名"依汝"便是"牛儿"的意思）。据说这是为了避开因过分期待所带来的厄运，等到大一点儿再请德高望重的活佛、喇嘛或达巴取名，他们通常会根据孩子的出生时辰或生母的属相来命名。

杨梅出生的时候正是梅子盛产时节，这也是名字"宾玛其珠"的由来，翻译成汉文便是"梅"，而"里格"的姓氏对照汉文是"杨"，所以她有了"杨梅"这个汉文名。

有意思的是入学后她才发现二十几人的班级里倒有六个杨梅，老师为了区分起见，一个个给标上数字，譬如杨梅一、杨梅二、杨梅三……等。她是第四个，理应叫杨梅四，但汉族老师很介意这个四（听起来像普通话的"死"），所以唤她杨梅梅，这也是启东之所以叫她"羊妹妹"的原因（音似），显然"羊妹妹"要比"杨梅梅"可爱、俏皮多了。

"羊妹妹，今天我们挑战Cloud 9如何？"启东问。

Cloud 9是所有冲浪者最想征服的浪点。

"没问题。"她很快地答。

杨梅_下

7

他们抵达Cloud 9时，空气中已有很浓烈的海腥味及湿气。

"怕是要下雨了，咱们还是改天再来吧！"启东说。

"不，就今天，我不怕下雨。"

启东知道杨梅的犟脾气，一旦下定决心，十匹马都拉不回。

"好，"他点了点她的鼻尖，那里有颗痣，"我陪妳。"

杨梅和启东都是冲浪老手，只要不是太恶劣的天气，完全驾驭得了，但今天愣是不太顺利，他俩多次掉入海里。

"怎么样？还可以吧？！"启东从水里探出头来问。

"嗯！没问题。"

于是他们又重新站上冲浪板。

杨梅计划等乌云占据1/3个天空时就打道回府，没想到成功冲上几个危险的浪点之后，乌云已经压顶了。

"得赶紧撤。"杨梅心想。

然而此时到处都见不到启东的身影，她来来回回地寻找，直到大雨打得睁不开眼睛，同时体能也快耗尽，才不得不上岸。

"拜托，启东一定要在岸上等我。"她祈祷着。

然而……奇迹没有发生。

杨梅_8

8

启东失踪后，整个锡亚高的岛民全加入搜索的队伍里，有的驾船寻找，有的边冲浪边寻找，还有的上网发布寻人启事。可惜几天过去了，依旧无消无息。

杨梅和启父算是其中最积极的，但也只坚持了半个月，毕竟一个人在大海上漂流十数天，就算没冷死、饿死，也会渴死。

这个结果无疑百爪挠心，没看到遗体，代表还有希望，偏偏希望又是那么的渺然，几乎等同无望。

"启东，你到底在哪里？"杨梅面对大海流泪，这已记不得是第几回了。

杨梅 9

9

自从启东人间蒸发后，他的父亲瞬间老了十岁。杨梅虽然没有一夜白头，但整天茶不思、饭不想，人瘦到只剩80斤，像一具行走的骷髅。

她的母亲看不下去，指着她的鼻子骂："就算妳饿死了，也改变不了什么，倒不如做点儿实际的。"

"怎样算实际？105天过去了，倘若人还活着，那才见鬼！"杨梅赌气地答。

"妳看看启东的父亲，孩子音讯全无，俱乐部还不是照常开着？"

杨梅承认自己没有那么坚强，话说回来，也许启东的父亲只是表面佯装无事，背地却暗自饮泣……

"不管了，妳好好待在家里，千万别做傻事。"话一说完，她母亲匆匆出门。

打从杨梅不再当冲浪教练，家里的经济重担就落在她母亲身上。一个四十多岁的女人能干啥？无非做些体力活，后来还真的让她觅得清洁工的工作，也算暂时解除经济危机，毕竟日常开销不止喂饱肚皮而已，偶尔还有其他支出（譬如买个卫生巾什么的）。

这样"平静"的日子度过数十天后，某天，杨梅的母亲兴冲冲地回来，递给她一个空酒瓶。

"干嘛给我这个？"杨梅问。

"妳看看瓶内有什么？"

这是一个墨绿色的瓶子，猛一看，看不出什么，经母亲一提醒，杨梅睁大眼睛仔细瞧，好像还真有点儿什么。于是她把瓶塞拔出来，再用细竹签把里面的东西勾出来，原来是一张纸条。

"这纸上也不知写的什么，妳哪里捡来的？"杨梅问。

"我在海边散步时捡到的，难道妳不好奇？"

"好奇什么？"

"也许瓶中信是启东写的。"

听到这个回答，杨梅眼前一亮，她再次将目光落在那张皱巴巴的纸上。没错，是汉文，但杨梅已经很久没接触汉文，根本看不懂。

"启东家的华文招牌就是启东写的，代表他会写汉字。"杨梅的母亲补上一句。

启东的父亲是华侨第三代，他本人则是第四代，普通话虽然说得很溜，但没听说他会写汉字。既然母亲提起他家的华文招牌是启东写的，那么姑且相信他会写汉字，这让"瓶中信是启东写的"的可信度大大提高了。

"可是……"

"我知道妳看不懂，我也看不懂。要不，我们拿着信去问中国游客？"她的母亲提议。

这倒是个好主意！岛上有不少中国游客，他们肯定看得懂！

于是这对母女坐在自家门口，等了一小会儿就等到一个拿着冲浪板的华人长相女生，杨梅立刻拦下她，问她能不能看懂纸上写了什么？

"上面写着：我在黄江以东，浦江以北的地方等我的羊妹妹。"那女生看完后答。

听到"羊妹妹"三个字，杨梅喜极而泣。

"妳怎么了？"拿冲浪板的女生问。

"没什么。"杨梅抹去泪水，"对了，黄江以东，浦江以北在哪里？"

"如果这两条江指的是中国境内河流，它就在……"

谢过女生后，杨梅陷入沉思，她没去过里格半岛以外的中国，况且该区域也太大了，这要从何找起？

与杨梅的担忧不同，她的母亲显得异常乐观。

"太好了，依汝，只要攒够路费，妳就能上路了。"

"这得攒多少才够？"杨梅问。

"起码一百万比索。"

一百万比索可以在锡亚高的偏远地区买下一个家庭旅馆当老板了。

虽然数额有点儿高，但也不是完全不可能。杨梅打算从今天起就努力赚钱，然后到黄江以东，浦江以北的地方找启东。

杨梅 _10

10

杨梅本想重拾老本行，碍于无法面对启东的父亲（怕唤起內心的愧疚感），只能到别的俱乐部找工作，这才发现当初启东有多照顾自己，不仅时常把学员带给她，连时薪也比别家高。

"既然时薪这么差，倒不如给度假村当清洁工，薪水是不多，但很稳定，而且客人通常会在房间內留下小费。"她的母亲建议。

杨梅考虑了一下，觉得不无道理，于是请母亲问问度假村还需不需要人？

"不用问了，明天下午2:55时我会辞职，妳三点整到大堂找经理，这不就顶上了？"

"妳……妳不做了？"

"这几个月的打工生涯简直累死我了，说什么我都不愿再干。"

就这样，不轻言打工的母亲退下，换上一心想攒钱的女儿，这一做就是半年，直到那个可怕的星期天午后……

"Excuse me. #$@&*……" 一个男人对杨梅喊。

杨梅会一点儿英语，但这个男人的腔调很奇怪，除了"Excuse me"听懂了之外，其他都很模糊。

那男人后来比了个喝水的动作，杨梅立刻秒懂，应该是要水喝。

"奇怪！我明明摆了两瓶饮用水在房内。"杨梅边怀疑边从清洁车上取了两瓶水。

那位客人没有接，而是再次使用肢体语言，要她进到房间内放好。

杨梅走了进去，发现里面坐着另一名男性，眼神挺不正经的。她把水放下后，想出去已太迟，一个堵在房门口，另一个堵在阳台，她哪里也去不了。

情急之下，她拿起水果篮旁边的小刀挥舞。

那两个男人随即大笑起来，大概料准眼前的女人只是在做垂死前的挣扎。偏偏杨梅不按常理出牌，她割破自己的手腕动脉，血喷得到处都是。

两个渣男吓坏了，本想玩玩而已，现在玩出人命，可怎么办？

犹豫了几秒钟，他们不约而同地夺门而出，连行李也顾不上。

人走后，杨梅很镇定地到浴室取毛巾绑住手臂止血，做完这个动作才拨打电话。等了约莫半个钟头，救护车才到，杨梅因此担心自己的手臂会不会废了？

警方后来在机场逮捕那两个恶人，度假村也支付了医药费，但杨梅从此陷入抑郁状态，做什么都提不起劲，遑论工作。

"不是为了钱，出去见见人，心情也会快活些。"她的母亲说。

"我现在哪里都不想去，就想待在家里。"

"难道妳不找启东了？"

"也许瓶中信不是他写的，就算是，我的存款连单程机票都买不起，怎么找？"杨梅叹了口气，"真想死了算了。"

杨梅想死不是说说而已，她开始绝食，每天只喝少量的水。

她的母亲看在眼里，急在心里，但也知道自己女儿的犟脾气，若硬把食物倒进她嘴里，下场会很严重。

几天后，她母亲拿来一个空酒瓶，说是邻居孩子在河流里发现的。杨梅把里面的信取出来，同样的字迹、同样的內容。

次日，她母亲又拿来一个空酒瓶，说是卖烤鱼的大叔在码头附近捡到的。杨梅把里面的信取出来，还是同样的字迹、同样的內容。

"太奇怪了！怎么那么多瓶中信？"杨梅喃喃道。

"也没有很多呀！3个而已。"她母亲咳嗽两声，"这代表启东还在黄江以东，浦江以北的地方等妳。"

"妳怎么那么笃定信是他写的？"

"因……因为只有他唤妳羊妹妹，不是吗？"她母亲干笑两声，"如果妳担心路费，放心，我已经要求度假村支付精神损失费，用来买下一张单程机票绰绰有余。至于其他花销……我会教妳编织手绳，城市女孩应该会喜欢这玩意儿，饿不死妳的。"

就这样，杨梅带着简单的行囊和手艺，踏上了寻人之路……

梧桐路上的杨梅……

杨梅已经在梧桐路上徘徊了很久，布包里的编织手绳一个也没卖掉。她又饥又渴，心想再试一家，倘若还是没成交，她就回招待所啃大饼，因为这条路上的东西贵得吓人，一瓶水能卖到3元。

进咖啡馆之前，她并不知道这是一家什么样的店，因为大门紧闭，窗户也被绛红色的窗帘给遮挡住，从外面看不见里面。虽然有门头招牌，但对杨梅来说形同虚设，因为她只读到小四，后来又到海外住了很长一段时间，汉文已经认不出几个，遑论店门口的人字板，上面的字犹如天书。

由于已经在这条路上来来回回走了好几遍，惟独这家没进去过，怀着碰碰运气的心理，她伸手去转那个古铜色的圆形把手，"扣"的一声，门开了。

"欢迎光临！"一个慈眉善目的大妈笑咪咪地对她说。

第一眼望过去，杨梅以为自己来到"万圣节用品专卖店"，因为大妈打扮得像个印第安女人。瞧！身上穿着鹿皮制的衣服，腰间系着细绳腰带，双脚绑着腿套，头上还戴着羽毛冠。

"妳好，我……"

"不急，妳先看看店里的东西，有事叫我哈！"

大妈说完，转身进入柜台后的房间内。

杨梅把花布包往店內唯一的一张圆桌上一搁，然后四处张望。

没进店之前，她以为里面会很阴暗，实际却不然，有几个柳编的灯笼挂件式烛台从屋梁上垂挂下来，把不到五十平米的小店照得通透明亮，连地上的冰裂纹小花砖也看得一清二楚。

再看店內装修与摆饰，孔雀绿的墙纸和绛红色的窗帘很搭，全然没有"红配绿，赛狗屁"所带来的冲突，反而给予人一种厚重的诡秘感；抬头一看，凹凸不平的水泥天花板下方有数根深褐色横木，刚好能挂上烛台；回到入口处，进门右手边有个很简约的柜台，它的作用像是隔开店主和客人，因为台面上什么东西都没有，不过旁边倒是立了一个鸟架，上面站着一只羽毛黑到发亮的鸟标本；反观左手边就精彩了，仿佛置身丛林当中，初看挺杂乱无章的，但仔细观察过后却是乱中有序，譬如小件物品（像是风干的小型动物尸体、仙人掌、玩偶人像、护身符、水晶石、蛇皮、大象尾巴、猫头鹰的羽毛和各式各样的试管药水……等）会放在以绒布为底的置物架上，大型物件如非洲鼓或动物头骨等则摆放在地上或角落。神奇的是在这么多的杂物当中还能挤出一个位置用来摆放桌椅，真是让人叹为观止。

"那些东西全是装饰品，没什么作用。"

听到声音，杨梅转过头去，看到的是一位又瘦又高的年轻人，穿着黑衬衫、黑长裤，五官很立体，有棱有角，像是造物者用力过猛所致。

"作用？它们应该有作用吗？"杨梅问。

"施过法术的才会有作用，妳目前看到的只是道具，买回去也没用。"

这个回答提醒杨梅——她不是上门购物的顾客，而是小贩。

"我有数十件漂亮的手绳，全是我编的，便宜卖给你。"她说。

"不急，妳稍坐一下，我泡杯热的给妳喝。"

年轻人说完，转身进入柜台后的房间内。

杨梅在掉了皮的皮椅上坐下，正对着的是一个象腿造型的圆桌，这样的组合有些怪异，但放在一家古怪的店里却不显突兀，这本身就很离奇，不是吗？

没多久，方才的小哥出现了（她以为再出来时会换成大妈，所以有点儿小失望）。

"这杯是特别为妳调制的。"年轻人说完，把杯子递给她，杨梅这才注意到他的右手食指上戴着一个骷髅头造型的指环。

"你的指环很特别。"杨梅答完，端起杯子一饮而尽。

"我以为妳至少会留下半杯，这咖啡挺苦的。"年轻人坐下，捡起带把手的锤纹杯查看，"还好留下一茶匙的量。"

咖啡是苦，但对于口渴的人来说，完全可以忽略不计。

"谢谢你的苦咖啡，我们现在可以谈正事了吗？"杨梅问。

她所谓的正事便是把花布包里的手绳全数卖给店家，再不济，能卖掉几个是几个。

"当然可以，"年轻人放下杯子，"妳在找人，如果把妳的故事说出来，或许我能帮上忙。"

"你……你怎么知道我在找人？"

"妳喝过的咖啡告诉我的。"

杨梅不知道该不该相信这个初次见面的人，但她急于找启东，哪怕只有一点点儿的可能性，她也绝不放过。

"是不是讲得越详细越好？"她又问。

"当然。"

于是在一个氛围相当诡异且神秘的空间里，杨梅开始说起她的故事……

"启东？这就是失踪人的名字？"年轻人问。

"是的，他是岛上唯一一家华人冲浪俱乐部的少东，也是我的……好朋友。"杨梅答。

年轻人转动一下锤纹杯，边看着杯底的咖啡边问："那么谁是羊妹妹？"

杨梅感到震惊，这么隐秘的事，他怎么会知道？

"羊妹妹就是我，这解释起来有点儿绕，你想听吗？"

年轻人点头，于是杨梅开始述说……

话甫歇，年轻人问："我看到一个满脸痘痘的男人，莫非他就是启东？"

"不，他是我的学员，若不是因为他，我也不会硬拉着启东在坏天气里冲浪，导致悲剧发生。"

说完，杨梅的记忆一下子回到两年前那个乌云笼罩的午后……

"奇迹没有发生，对吧？！"年轻人忽然问。

"没有。"杨梅答完才意识到对面的男人好像有读心术，莫非刚才走马灯似的回忆全进到他的脑海里？

"妳似乎有问题要问。"年轻人又问。

杨梅有太多的问题想问，她决定先从最重要的事情问起。

"他……还活着吗？"杨梅胆战心惊地问。

年轻人又看了一眼杯底的咖啡，答："还活着。"

听到这个回答，杨梅几乎要喜极而泣，不过一盆冷水马上泼下来，因为启东失忆了。

"失忆？"杨梅扬起声，"不可能，我还收到瓶中信。"

自从启东失踪后，杨梅茶不思、饭不想，人瘦到只剩80斤，若不是有人捡到瓶中信，她恐怕已经一命呜呼了。

年轻人问她信上都写了些什么？

"上面写着：我在黄江以东，浦江以北的地方等我的羊妹妹。"杨梅停顿了一下，"其实纸上的中文字是岛上中国游客给念的，我认得的字不多。"

"这也是妳在此处的原因？"

"是的。黄江以东，浦江以北的区域很大，我只能慢慢找起。实话告诉你，为了找启东，我已经流浪五十多天了。"

年轻人沉默一会儿后，问："瓶中信不止一封，妳对此从来没怀疑过吗？"

现在的杨梅已经对年轻人的"未卜先知"习以为常，所以没多嘴问他是怎么知道瓶中信不止一封？

"我是怀疑过，尤其纸条上的字迹和内容都一样，但世上叫'羊妹妹'的人并不多，何况我也没别的线索，只能选择相信。"

此时，鸟架上的黑鸟突然发出"嘎"的一声，吓了杨梅一大跳，她以为那是个鸟标本。

年轻人解释这只活生生的黑渡鸦是他的助理，名字叫飒耶，不是标本。

话一落音，叫飒耶的鸟忽然张开翅膀在室内盘旋。几个来回之后，它从杂物堆里挑中一个黄色水晶，把它叼到圆桌上。

"谢谢你，飒耶。"年轻人对它说。

然后鸟儿飞回到鸟架上，再次一动也不动。

接下来年轻人聚精会神地凝视着黄水晶，像要将它看穿了似。

"请问……"

"嘘～别打扰我工作。"

于是杨梅闭上嘴巴。

"嗡吧匝拉……恐萨满压……西地美哉云雷依……嗡吧匝拉……恐萨满压……西地美哉云雷依……"年轻人将双手置于黄水晶上方，同时反复吟唱着。

过了好一会儿，年轻人才停止这个怪异的举动，然后以笃定的语气说："妳要找的人现在在米兰，离此地有九千多公里。"

"米兰？"杨梅露出迷惑的表情，"难道瓶中信不是启东扔的？"

"失忆的人应该不会做出那样的事来，不过关心妳的人就难说了。"

杨梅顿时茅塞顿开，难怪纸条上的中国字写得歪七扭八的，真难为没上过学的母亲。

她紧接着问启东的具体位置，同时也纳闷为什么一个失忆的人会漂洋过海到那里去？

"是一个女人带他去的，至于其他……妳得自己去寻找答案，我只能帮妳帮到这里。"年轻人说。

虽然没进一步得到想要的信息，但这些已经足够。

"真是太感谢了！"杨梅站起身来，"我这就到米兰找启东。"

"妳不会卖了那颗黑珍珠当路费吧？！"年轻人问。

杨梅曾捡到一个海蚌，里面有一颗完美无瑕的黑珍珠，她一直带在身边。

"恐怕是的，不过我一点儿也不心疼，因为启东对我来说太重要了。"她答。

杨梅离开后，年轻人把她遗留下来的花布包打开，里面起码有近一百条手绳，个个精美。

这些漂亮的手工制品随后被年轻人放进置物架上的青铜大盘内。做完这个动作，他转身回到柜台后的房间内。

第二位客人：
叶橙橙

叶橙橙 _1

I

今天是Pauline大喜的日子，她和一个秃了顶的摩纳哥男人结婚。橙橙不知该哭还是该笑，最后还是决定当一名心智成熟的女人，微笑着送上自己的祝福。

"橙橙，妳继父是个好人，他帮妳找到赌场发牌员的工作。"Pauline对女儿说。

摩纳哥是世界第二小的国家（仅大于梵蒂冈），经济上主要依赖博彩、旅游、商业和金融业。由于免征税收的政策，吸引了大批的有钱人，推高了房价，加上全球排名第一的个人年均收入，使它成为世界上没有穷人的地方（别误会，摩纳哥当然也有低收入者，但大多由外来的法国人和意大利人所承包，等于摩纳哥的"穷"被这两个国家给接收了）。

橙橙的继父所介绍的工作，月工资能有六千多欧元，看似不坏，但在个人年均收入达到十五万欧元的国家里，六千多的月工资无疑是难堪的，何况她的梦想不是发牌。

"妈，替我谢谢Bruce，我喜欢目前的工作，没有换工作的打算。"

橙橙在法国尼斯的农业信贷银行担任柜员的工作，朝十晚五，周末及节假日休息。虽然赚的没有摩纳哥的赌场发牌员多，但这里的消费和房租都不高，每个月还能存下一些钱，所以没必要做天翻地覆的改变。

"也好，那么哪天妳来看看我和Bruce，我们的家在山上，看得到海景。"Pauline说。

熟悉摩纳哥的人都知道这个国家三面环山，一面靠海，所以"家在山上，看得到海景"是标配，没什么大不了的，何况Bruce只是个码头管理员，不属于高收入人群，橙橙对这个"家"不能有太大的期待。

"好，哪天有空的话。"橙橙答。

叶橙橙 -2

2

橙橙不爱谈过去事，那是因为苦多于甜，一个从小就父不详的孩子能有多快乐？她若问起亲生父亲，母亲的答案从来没变过。

"他姓叶，叶子的叶，喜欢橙色，这也是妳名字的由来。"她说。

因为这个与父亲相关的名字，橙橙喜欢上所有橙色的东西，连食物也挑橙色的吃（好比南瓜、芒果、胡萝卜、红薯等），她甚至还一度拥有一只橘猫……似乎通过这些，她能与那个赐予她生命的男人更靠近一些，即使他的影象在她的脑海里已经模糊得不能再模糊。

谈起橙橙的母亲Pauline，她是所谓的恋爱脑兼"渣男收割机"，尤其还不懂得做防护措施，以致频繁打胎。在橙橙之前不知有多少个哥哥姐姐无缘出生，也不知是幸还是不幸，当橙橙被发现时已经五个月大，医生说打胎很危险，加上那时Pauline已经三十好几，再不生很可能就要当高龄产妇，这才勉为其难地保住这个孩子。不过Pauline还算是合格的母亲，至少没让女儿挨饿受冻过，只是她更换男人的频率过高，让橙橙很心烦，还好高中起住校，能来个"眼不见为净"，后来留学法国更是"天高皇帝远"。万万没想到这样平静的生活才过上没几年，Pauline又扔来重磅炸弹，让橙橙有了名义上的父亲，他们的"婚房"甚至离橙橙的居住地不到一个小时的车程。

就这样，这对母女又被命运这条神秘的绳索给拴在一起。

叶橙橙 - 3

3

Pauline的婚礼很简单，就是到民政部门登记一下，然后找家餐厅吃个饭便算完事。

"妈，仪式还是要有，否则回忆起来很苍白。"橙橙曾对母亲说。

"哎！Bruce不喜欢热闹。再说了，这个年纪图的是找个伴儿，那些繁文缛节，能省则省吧！"Pauline辩解着。

橙橙也注意到新郎倌是个很木讷的人，不过她猜母亲之所以妥协是因为花费过大。在摩纳哥举办一场像样的婚礼可以买下一辆奥迪A8L，与其打肿脸充胖子，倒不如把钱花在刀口上，譬如到邻近相对便宜的国家度蜜月或租一个更大的住所（据橙橙所知，他们的"婚房"很迷你，一个人住还算宽敞，两个人住就稍嫌拥挤了些）。

见证完母亲的婚礼后，橙橙坐火车回到尼斯，继续过她那岁月静好的小日子。

尼斯的年轻人多半租住在公寓，橙橙不一样，租的是乡间小屋，位置偏了点儿，好处是不用担心邻居会联名抗议她的琴声打扰到他们的日常作息。这点很重要，因为她很喜欢弹钢琴，每当徜徉在音乐的国度里，她才感觉自己不孤独，忽略现实生活中的她过得不甚如意，上一个男朋友还是大二时交的，现在的她已经单了有三年之久。

叶橙橙_4

4

几个月之后的某天，Pauline打来电话，告诉女儿赌场发牌员的工作挺轻松愉快，赌赢的人经常会给小费，她的理想是调到包间替VIP客人服务，那里的小费更多。

原来被橙橙拒绝的发牌员工作后来让她的母亲给顶替上了。

"Bruce怎么说？"橙橙问。

"他说挺好的，两份收入能提高生活的质量。再告诉妳，我们打算圣诞假期到西班牙度假，Bruce说那里的物价低，我们可以豪掷千金。"

"你们还是用翻译软件交谈吗？"

"一半一半，大概再过个两、三年我便可以自力更生了。"

这个回答让橙橙很忐忑，Bruce是她母亲众多男友中颜质最低的，莫非Pauline想骑驴找马？

Pauline哈哈大笑，回答那也不无可能，爱情一旦味同嚼蜡，就没必要再继续。

"那干嘛结婚？单着岂不是更好？"橙橙问。

"不结婚怎么长期留在摩纳哥？还有，我的岁数不小，英语和法语也不行，人家干嘛雇用我？无非看在我是当地人配偶的份上。实话说，这个国家还挺照顾自己人，平白得到了许多社会福利，如果早两年嫁过来，我就多生几个，不仅教育费和奶粉钱全免，还有生育奖励呢！"

自己的母亲突然变得如此"务实"，倒让橙橙感觉陌生。印象中Pauline是个"今朝有酒今朝醉"的人，如果不是如此，橙橙也不致于那么缺乏安全感，那些赶在最后一刻才交上房租或学费的梦魇，她再也不想经历。

"随便妳，妳觉得幸福就好。"橙橙说。

"当然幸福啰！在我的调教下，Bruce不仅每天送我花，还包办所有的家务。"

橙橙感到悲哀，继父还没察觉到枕边人喜欢刺激和小惊喜，一旦后继无力，他极可能重回王老五的队伍里。

"我希望Bruce也感觉幸福，并且一直幸福下去。"橙橙喃喃道。

叶橙橙 _5

5

下午五点，银行关上大门对账，无非点钱、打印流水、整理现金库存、勾流水、清保险柜、送箱上运钞车……等，最后再清理桌面便大功告成。此时，基本已经六、七点钟，还赶得上购买超市的打折面包。

也就是说今天和别的日子比起来没有什么不同。

直到走出银行，橙橙才发现今天还是有不一样的地方，好比同事们正讨论著下礼拜的培训，而她没有收到通知。

"不会的，妳已经通过试用期，虽然上司有点儿瞧不起亚洲人，但不致于裁了妳。如果裁掉妳，那些法语不流利的中国人找谁开户去？"橙橙安慰自己。

然而她还是太高估自己的不可替代性，那个黑人上司（天哪！他也是有色人种，凭什么瞧不起黄种人？）隔天找橙橙喝咖啡，兜了一圈后表示失去她很可惜，希望以后还有共事的机会。

这算什么？捅人一刀再摸摸头？橙橙可不是三岁小孩，她立刻反击。

那名老黑知道自己无意间帮助橙橙下了跳槽的决定后，问她那是一份什么样的工作？

橙橙答在对冲基金里担任高级助理一职，月薪一万二，公司还提供面海公寓一套。

一万二欧元的月薪是银行经理撑死了也无法企及的高度。

老黑的脸更黑了，几度欲言又止，最后还是祝福橙橙前程似锦。

叶橙橙 _6

6

没了工作，橙橙像个游魂似的，如果不是有琴声相伴，她大概早跳河了。

河虽然没跳成，但房东的几次催缴电话还是让她抓狂。迫不得已，她将生活用度降到最低，一天只吃一顿，可惜依然救不了自己，她不得不卖掉心爱的钢琴以解燃眉之急，但杯水车薪，结局依旧是悲剧收场。

话说橙橙不是没找过工作，那些"再怎么也能上餐厅端盘子"的言论是站着说话不腰疼。餐厅向来优先雇用有经验者，往往广告一贴出来，立马有人顶上，一个没经验的外国人想胜出，谈何容易？

叶橙橙 – 7

7

Pauline的婚房在山上，有海景，只是这海景像油画一般大小，因为前方被一栋高层给遮挡住。

"橙橙，妳暂时在客厅睡下，等赌场一有消息再搬出去住。"Pauline对橙橙说。

这段话的解读是：

1、这屋小，没有多余的房间。

2、**Pauline**认定橙橙找不到赌场以外的工作。

3、别想啃老。

. . .

橙橙在洋人世界里翻滚了几年，知道他们有一说一、界限分明的思维，但她以为自己的母亲不一样，至少会敞开双手拥抱她这个落难女儿……

哎！这大概是橙橙成年以来少有的天真吧？！

"行，现在是工作挑我，不是我挑工作，一旦找到工作，我立马搬出去，因为我也想蓬头垢面地在自己的生活空间里到处走动。"橙橙答。

Bruce不明白这对母女在谈论什么，对橙橙的突然到访也一头雾水，但他没有表现出不悦，反而提议明天带橙橙参观码头，那里停泊了世界上最豪华且昂贵的游艇。

橙橙告诉继父，游艇可以晚点儿看，现在她担心自己的法国长居签证能在摩纳哥待多久？还有，能不能工作？

Bruce答有法国长居签证就一切ok了，不然那些繁重的码头工作该找谁做？

这个回答怪怪的，但意思橙橙懂。既然解决了棘手问题，她当下便答应明天之约。

母亲知道橙橙要去看游艇（橙橙给翻译的，因为Pauline的法语连幼儿园的程度都达不到），立马表示自己明天得上班，去不了。

"没关系，有Bruce在，不会有任何问题。"橙橙答。

Pauline沉默了一会儿后，要橙橙看完游艇去赌场找她，同时强调千万别一个人闯入，因为赌场门票要价1o欧元，她带人进去不花钱。

"好的。"橙橙答。

叶橙橙 _8

8

橙橙的继父是个好人，对她和颜悦色，不仅告诉她很多有关码头的知识，还帮她拍照，背景是那一艘艘造价不菲的游艇。

看完"别人家的东西"，Bruce提议一起吃中饭，橙橙遂告诉他——母亲约她在赌场见面。Bruce随即流露出失望的表情，于是橙橙约他明天再一起吃饭，她请客！

橙橙的想法很简单，她是来"蹭睡"的客人，先"巴结"一下屋主，有利无害。

Bruce听完很开心地表示明天他会穿正装。

对比目前他穿的"工作服"，橙橙猜想开玩笑的成分居多，于是回复明天她会穿迷你短裙。

叶橙橙－9

9

没想到全球最奢华的赌场，外观竟然如此典雅，如果不是看到Casino的招牌，橙橙会以为自己来到了歌剧院。

按照之前的约定，橙橙给母亲发短信。不到十分钟，Pauline出现了，长袖白衬衫加黑马甲，看起来很有赌场工作人员的派头。

"吃饭了没？"Pauline问女儿。

"没。"

"赌场内的东西贵，我先带妳参观一下再出去吃。"

"好。"

这个赌场光看外表绝对猜不到里面会这么富丽堂皇。瞧！钻石水晶灯、华丽地毯、精致浮雕、大型油画、看起来造价不菲的实木桌椅和吧台……等，难怪全世界的富豪们都不约而同地相聚在此一掷千金。

"想不想在这里工作？"Pauline带着炫耀且笃定的口吻问。

橙橙其实不想，这里有纸醉金迷的腐败气息（那是"多金"的另一种说法），但为了讨好母亲，她给予肯定的答复。

"想就好，如果没本事吊金龟婿，就得先伏低，等待机会再出击。"Pauline说。

叶橙橙 _10

10

橙橙以为非常时期母亲会节约一点儿，没想到吃饭的地方宛如宫殿，现场还有钢琴演奏。

"妈，妳应该把制服脱了，这种地方很讲究穿着。"橙橙压低声音说。

"如果脱掉制服还得给证明，麻烦死了！"

后来橙橙才知道摩纳哥政府规定每家餐厅都要提供平价的工作日午市套餐给上班族食用，人均消费控制在15-20欧元左右。

这个价格也太亲民了！

这对母女边吃着法国南部菜肴边闲聊，很快橙橙便发现话题围着她的工作打转。

"赌场目前不缺人，如果真没有，扫大街的工作也可以做，反正只是暂时的。"Pauline说。

"是可以做，但收入恐怕租不起房。"

"也对，这可怎么办？"

此时电影《天堂电影院》的钢琴主题曲传来，恬淡中带点儿忧伤……

"其实她弹得没有妳好。" Pauline说。

"妳总算给出公正的评价。"

"也许妳可以试试。"

橙橙问试什么？ Pauline答弹琴呀！

"可是……"

"没什么可是，待会儿买完单就问问，问又不会少块肉。"

结果这一问还真问出了名堂，餐厅经理说晚班的钢琴手下个月不来了，如果橙橙测试通过，即刻顶上。

"太好了，橙橙。这顿饭没白吃，看来妳很快就能搬出去住了。" Pauline高兴地说。

叶橙橙 _11

11

隔天橙橙如约来到码头，Bruce竟然真的换上正儿八经的西装，还打上阿玛尼的领带。

橙橙赞美他的服装，他则问迷你短裙在哪里？橙橙一笑而过。

在餐厅里，继父的表现与自己的母亲不同，他跳过那些平价的午市套餐，直接点贵的吃。

橙橙大呼不妙，尤其他还要了一扎的现榨果汁（高级餐厅的纯果汁不便宜，价格甚至高过主菜）。

席间，Bruce一改木讷的性格，侃侃而谈，但多半是冷笑话或尬聊，害橙橙的胃隐隐作痛。

"Ca va?"他问。

橙橙答没什么，胃不好，老毛病了。

Bruce接着问橙橙有没有男友？当得知她的上一任男友是三年多以前的事，他说这就是症结所在，因为橙橙还在想念男友，所以疾病缠身。

橙橙迷糊了，问这是什么意思？

Bruce答没什么，一时兴起开的玩笑，别当真，接着招手要来账单。

橙橙说她请，Bruce 要她帮帮忙，别让他下不了台。

Bruce赢了，主因是橙橙的银行卡里只有五百欧元，付完这一餐大概只剩零头，她总不能开口向母亲借钱吧？！

由于Bruce下午还要上班，道别前他问橙橙今日有何计划？

橙橙答和一家法式餐厅约了见面，经理让她下午三点到四点弹琴给他听。如果通过了，下个月开始上班，工作时间是晚上八点到十点的黄金时段。

Bruce问她十点过后呢？

橙橙表示十点过后当然回家啰！这有疑问吗？

Bruce听完笑了笑，然后挥手跟她说："Au revoir."

叶橙橙 -12

12

餐厅经理要橙橙想弹什么就弹什么。

她的目光横扫了一下，此时餐厅内只有两桌客人，一桌貌似情侣，另一桌是个戴眼镜的老先生，从气质看，像个教授。

这个发现给了橙橙灵感，她选择弹浪漫曲和古典乐曲，让不同的曲风交叉出现。

当她弹完巴赫的《G弦上的咏叹调》时，服务员递过来一张小纸条，上面写着李斯特的《玛丽圆舞曲》。

这是一首偏冷门的曲子，橙橙已经很久没弹，加上带来应急的琴谱里没有这一首，她紧张得两腿打颤。

还好灵光一闪让她有了主意，在该纸条上写下今天没准备这首曲子，很是抱歉，为了弥补遗憾，她将献上李斯特的另一首圆舞曲——《魔鬼圆舞曲》，欢迎客人明天同一时间再度光临，她会奉上对方想听的《玛丽圆舞曲》。

当《魔鬼圆舞曲》的最后一个琴键按下时，橙橙听到来自餐厅经理的热烈掌声，她知道她已经得到这份工作。

叶橙橙 _13

13

回到山上的小公寓，Bruce正在厨房忙碌。

橙橙问Pauline呢？Bruce答还没下班，太好了，不是吗？

太好了？这是什么意思？

等橙橙换上家居服，Pauline回来了，带着一脸怒气。

"怎么了？"橙橙问。

"今天的客人普遍小气，我总共只得了不到五十欧元的小费。"Pauline答。

"不错了，今天Bruce只给餐厅服务员5欧元的小费。"

"餐厅？Bruce？妳跟他吃饭去了？"Pauline问，眼露凶光。

Bruce听到自己的名字，再看到风雨欲来之势，赶紧声明自己中午跟同事吃饭去，给了5欧元的小费……

Pauline的法语不好，听得一愣一愣的，橙橙只好充当翻译。

听完翻译，Pauline紧张的表情卸下，接着向女儿解释："吃饭和赌博的性质不同，Bruce经常去的餐厅，给5欧元还嫌多；我不一样，工作地点是高级场所，给那样的小费简直丢人！"

橙橙安慰她也不是每个客人都小气，她不也曾一次得到两百多的记录？

听到这个，Pauline笑颜逐开地重提往事，连客人当天所穿的衣服都描述得历历在目。

趁母亲在兴头上，橙橙不介意喜上加喜，分别用普通话和法语宣布喜讯。

Bruce听说橙橙找到工作，高兴地过来给她一个拥抱，倒是Pauline比较谨慎，她问餐厅准备给多少？

橙橙答一个小时五十欧元，一个晚上就有一百，有时客人还会给小费。

"这摆明了欺负人，培养一个钢琴家多不容易，起码时薪得匹配得上才行。"

橙橙告诉她，自己不是钢琴家，顶多只能算是音乐爱好者，这样的薪水已经很令人满意。

"满意？就算天天上班、天天有客人打赏，妳租得起房吗？"Pauline问。

这倒是实话。

Pauline接着说既然这样，若有扫大街的工作不妨拿下，两份收入应该能租下一个还不算太坏的房间。

"房间？我才不想跟人合租。"橙橙说。

"妳现在不也是合租状态？再说了，夜晚Bruce进进出出的，多不方便。"

橙橙被当头一棒，没料到母亲竟然连她也防着。

Bruce再度听到自己的名字如临大敌，重申中午和同事吃饭一事。

橙橙受够了谎言和母亲的疑神疑鬼，没做翻译工作便甩门而出。

叶橙橙 _14

14

橙橙在摩纳哥街头爬上爬下的，好不辛苦，谁让这个国家的地势不平坦，不是阶梯就是坡道，害她气喘吁吁的。

不过"运动"过后也有好处，出汗帮橙橙排解了心中郁闷，她不再钻牛角尖，并且试图去理解母亲。

"这是她的头婚，她当然想维系，何况我已成年，和Bruce又没有血缘关系，她考虑得比较多也是人之常情。"橙橙心想。

"嘟……嘟嘟……"是Pauline的来电，她问橙橙在哪里？

橙橙答在圣马丁花园的入口处。

"妳待在那里别动，我和Bruce这就过去接妳。"Pauline说。

挂上手机，橙橙感到欣慰，母亲还是在乎她的，不是吗？

叶橙橙 _15

15

得了新工作，橙橙的日子总算开始出现转机（即使她仍无法在租金昂贵的摩纳哥租下一个一居室）。

今天橙橙原本应该搭公交车从 The Port 到 Casino，结果到了 Place d'Armes 才发现坐反了，再回头已晚。当看到餐厅经理的臭脸时，橙橙二话不说，赶紧坐下来弹琴，连休息时间也不休息，才把经理的怒火给压下去，不过结束时仍被扣了钱。这要搁国内，恐怕会被视为不近人情，橙橙因待在国外数年，早熟悉他们的脑路，所以不是那么难以接受。

回到山上公寓时已过了夜里 11 点，Pauline 边做针线活边问女儿怎么今天回来晚了？橙橙答坐错公交车，抵达餐厅时已迟到，所以把演奏的时间往后延。

"噢！"她的母亲心不在焉地答。

"Bruce 呢？"橙橙问。

"他跟朋友喝酒去了，到现在还没回家。"

谈到Bruce，橙橙把目光投向茶几上的宽口瓶，小黄菊依旧娇艳欲滴。

橙橙的母亲曾说过Bruce每天送她花及包办所有的家务，这是真的。房子虽小，橙橙总能看到茶几上的宽口瓶里插着几朵小黄菊，屋内也保持一尘不染（以Pauline懒散的个性，万万不可能做到），只是Bruce送的花千篇一律，看久了不免乏味。

"妈，妳喜欢小黄菊？"橙橙又问。

"一般，不过Bruce喜欢，他总送这个。"

如果不是今天坐错车，橙橙不会发现沿路的某个路段开满了这种小黄花（也难怪，花店卖的花都挺昂贵的，天天购买无疑超过一个码头管理员的支付能力）。不过省钱不是重点，重点是继父愿意为母亲玩浪漫，也算有心。

"妈，Bruce待妳不错，妳可要珍惜呀！"橙橙说。

"我待他也不差，妳看，他衬衫上的扣子一松，我立刻缝上。"

在橙橙的印象中，Pauline很少做针线活，扣子若掉了，只要不太丢脸，一律无视，等等，这不像她妈的作风，莫非……

"妳是不是做错什么事了？"橙橙问。

"哪……哪有？我……我只是小赌了一下。"

听完，橙橙五雷轰顶，问欠下多少？她的母亲比了个2。

"两千欧元？"

"两万。"

两万欧元相当于十五万元人民币。

"我不相信赌场会让妳预支筹码，还有，我以为本国人不准进入赌场赌博。"橙橙说。

Pauline答赌场有洗码人可以预支筹码，这非难事，另外，她正处于申请护照阶段，严格来说，还不算摩纳哥人。

"Pauline，"橙橙直喊母亲的洋名，感觉很绝望，"妳要怎么还？"

"妳说Bruce会不会帮我还？"

摩纳哥人的月均收入约九万元人民币，就算收入不扯后腿，Bruce 也要不吃不喝一个半月才能还清（何况橙橙的继父很舍得吃喝）。

"我不管，这是你俩的事。"橙橙赶紧划清界线。

"妳不能不管，我的法语和英语皆不行，万一Bruce生起气来怎么办？"

母亲的逻辑让橙橙很无语，Bruce若生气也是因为赌博这件事，而非语言不通。

"妈，我看妳今晚还是别提了，省得邻居叫警察，明天一早再说吧！"

正因为这个善心的提议，橙橙莫名其妙地把烫手山芋接了过去，到现在还大惑不解。

叶橙橙_16

16

次日一早，橙橙的母亲喊她："橙橙，醒一醒，Bruce 快出门了。"

橙橙翻个身，嘟囔着："出门就出门，别吵我。"

Pauline答不行，她需要人翻译。

橙橙边揉惺忪的睡眼边从不太舒服的沙发上坐起，问："翻译什么？"

"就是还赌债那件事。"

Pauline不说，橙橙还真忘了。

"怎么妳今天也这么早上班？"看到母亲身上的制服，橙橙忍不住问。

Bruce是码头管理员，负责船舶出入和货物装卸的现场管理，很早便得上班，但自己的母亲不一样，通常橙橙起床时，她还在睡大觉。

"临时被调班，我现在就得出门。记得哈！得一字不落地把昨晚的事说给Bruce听，不准找借口。"

等大门关上后，橙橙才反应过来（原来她莫名其妙地接收了一个烂摊子）。这一惊，非同小可，她立马找来手机拨打，结果Pauline竟然未雨绸缪地关机了。

"Zut!"橙橙忍不住骂了一句。

不巧Bruce正从洗手间走出来，橙橙赶紧解释不是针对他。

他反问针对谁？橙橙答Pauline（不知为什么，回答母亲的洋名好像能拉开与她的距离。当然，这只是逃避心理在作祟）。

然而这个回答比不回答还糟糕，它宛若一个引子，如果不加以解释，就像便秘好几天一样难受。

橙橙思忖着该坦白到什么程度，Bruce忽然提到Pauline想买理财产品，还游说他一起投资……

这无异给了橙橙一瓶泻药，让她一泻千里。

Bruce听完后，脸上有"逃过一劫"的轻松自在感。这与橙橙想的不一样，她以为他会暴跳如雷，结果非但没有，Bruce还问起Pauline要如何还赌债，仿佛这件事跟他一点儿干系也无。

橙橙期期艾艾地答也许Pauline把希望放在他身上……

Bruce笑得很大声，直说不可能，橙橙顿时跌入谷底（虽然债务不是她的）。

大概橙橙流露出失望的表情，她的继父提出解决方案，那就是和赌场商量，每个月从Pauline的薪水中扣除一定比例的工资偿还，直至还完为止。当然，经这么一说开，赌场自然会禁止Pauline再次入场赌博，她是摩纳哥公民的妻子，按照规定，本国人禁止在境內赌博。

橙橙承认这是釜底抽薪的好法子，这下子Pauline应该不会再赌了。

橙橙承认这是釜底抽薪的好法子，这下子Pauline应该不会再赌了。

叶橙橙 _17

17

Pauline一听说自己即将上"禁止入内赌博"的黑名单，很是懊恼。

"妳还想赌？真不怕死！"橙橙说。

"不是这样的，我不想让所有的Dealer都知道我嫁人了，已经是名副其实的已婚妇女。"

Dealer又称荷官，负责在赌场内发牌，然后根据结果收回客人输掉的筹码或进行赔彩，这也是Pauline目前的工作。

"妳是已婚呀！不然还想怎样？"橙橙问。

Pauline说橙橙不懂，赌场的工作很枯燥乏味，唯一的乐趣便是在员工休息室里和男同事玩玩小暧昧，即使存在语言障碍，眉目传情也好。如今被贴上标签，她感觉自己掉价了。

"妈，也许妳该和心理医生谈谈。"橙橙有感而发。

"没钱哪！现在更是雪上加霜。照妳说的，今后每个月我都会被扣除一定比例的工资用来抵债，加上Bruce也不是省钱之人。换言之，家里的收入减少了，妳又帮不上忙，真要急死人了！"

橙橙没想到自己又被母亲倒打一耙，Pauline已经不止一次提到女儿是她的负担。

"放心，我会加紧找工作，不管如何，月底一定搬，不给妳和继父添麻烦。"橙橙说。

"也好，单身公寓挤进三个人，没毛病也会挤出毛病来。"Pauline答。

18

西元1297年，意大利热那亚某贵族在阿尔卑斯山脉伸入地中海的一座悬崖上建立王室，从而有了摩纳哥公国（所谓的公国乃指王国下面的封建制自治国家，好比中国周朝的诸侯国）。

这个公国非常小，小到步行五个小时就能全部走完，小到坐火车一个不小心就能错过。偏偏这么小的国家，本国人只占总人口的22%，其余皆来自世界各国，当中又以法国人和意大利人居多。可想而知，当橙橙求职时会有多困难，毕竟法语说得再好也没法国人流利，意大利语则根本不行，而她的银行工作资历也算不上亮点，众所周知，摩纳哥的银行业务直逼瑞士，许多世界知名的银行都会在此设立分部，完全不愁招不到这行的顶尖人才。

橙橙踌躇再三，做了做坏的打算，心想倘若月底前还是没找到稳定收入的工作（在餐厅弹琴不算，做不到糊口），她便回国，好歹可以教教法语和接一些翻译工作。

这一天，橙橙面试完奢侈品导购的工作，意兴阑珊地漫步到港口，面对海天一色、天朗气清，她的心却像久旱下的植物，一点儿生气与活力也没有。

"Chengcheng～"

听见有人喊她，她转过头去，原来是继父，他工作的码头就在不远处。

"Qu'est-il arrivé？"Bruce问她发生什么事了？

橙橙摇摇头答没什么，面试结果不佳，大概糊了。

Bruce安慰她慢慢来，找工作没那么容易。

问题是橙橙无法慢慢来，时间一步步迫近，而她不想回国（当初出国时有多意气风发，现在就有多狼狈）。

Bruce问她为什么非回国不可？摩纳哥遍地都是黄金，弯腰捡就行。

他大概以为玩笑话能缓解不愉快的气氛，偏偏捅了马蜂窝。橙橙把这些日子以来的不如意全洒在他身上，仿佛是他造成了她今日的不幸。

冷静过后，橙橙还是向无辜的人道歉。

Bruce摆摆手，默默走开。

两天后，继父告诉她赌场有个工作机会，问她愿不愿意试试？

橙橙怎么会不愿意？

面试的结果非常顺利，经理告诉橙橙明天就能上班，先让同事带她，通常一个星期之内就能独当一面。

橙橙问管什么？经理答轮盘。

听说亚洲赌客喜欢玩百家乐，但蒙特卡洛大赌场最受欢迎的却是轮盘（Roulette），它在法语里的意思是小圆轮。

橙橙曾在电影里看过轮盘，这个玩意儿由高级樱桃木和金属制作而成，荷官会负责在转动的轮盘边打球，球落在哪个数字就是得奖号码，非常简单，所以橙橙搞不懂为什么需要一个星期的时间去学习？

针对这点，她没提问，反正到时候就明白了，不是吗？

Pauline听说女儿得了工作（还是她的同事），很是开心，而更开心的是橙橙，她打算过几天就搬家。

"妳要搬去哪里？"Pauline问。

"尼斯。"

橙橙的月工资只有六千多欧元，在寸土寸金的摩纳哥根本租不起像样的房，而她又不愿意合租，所以在得到工作的不到一个小时内，她便发邮件给前房东，当知道乡间小屋还空着时，立马租了下来。

"妳打算每天坐火车通勤？"Pauline又问。

"是的，反正45分钟就到了。"

Pauline说在摩纳哥工作不征所得税，橙橙若回法国居住，反倒要向法国政府纳税，倒不如堂而皇之地住在意大利，因为意大利无法对拿法国长居签证的人征税。

橙橙也想过这个问题，但她的意大利语不行，加上她喜欢原来的居住环境，所以不做过多考虑便决定回归。

Pauline耸耸肩，说："这是妳的生命，想干啥就干啥，妳高兴就好。"

兜了一圈又回到原来的租处，做的还是原先排斥的赌场工作，看似不令人满意，但至少橙橙能养活自己，同时不再寄人篱下。

"是的，我是高兴。"橙橙回答母亲。

叶橙橙 _19

19

摩纳哥火车站修在一个山洞里，从站台可以乘坐电梯直达山顶平台，望出去便是摩纳哥港湾的绝美景致。

通常的情况下，橙橙没那个闲情逸致去欣赏，因为得赶着乘坐公交车到赌场报到，但从赌场下班后就不一样了，她会找个有美景的咖啡馆小憩一下，这是一天当中最放松的时刻，让她暂时忘记铜臭味，回到该有的诗和远方。休息过后，橙橙又得步行到五百米外的餐厅弹琴，直到十点再坐公交车回到火车站，到家时已近午夜，这就是橙橙目前的作息规律。

谈到新工作，赌场经理曾说橙橙需要一个星期的时间去熟悉，事实上她花了十多天才敢独挑大梁，究竟为何？

轮盘可以根据颜色、单双、号段、12个数字组合（Dozen Bet）、直行（Column Bet）、六个数字组合（Six line Bet）、四个数字组合（Corner Bet）、三个数字组合（Street Bet）、两个数字组合（Split Bet）、单个数字（Straight Bet）

来下注，赔率各有不同，最大的难度便是算钱。由于轮盘的押注有别于其他纸牌类游戏，一旦一个区域中奖，有可能是各种中奖的组合，算钱便成了难事，譬如中奖号码是黑色13，一位赌客在13这个号码上押了400元（赔率1:35），在13～15三个号码中押了500元（赔率1:11），在11～14四个号码中押了300元（赔率1:8），在13～16四个号码中押了700元（赔率1:8），在10～15六个号码中押了1100元（赔率1:5），在13～18六个号码中押了900元（赔率1:5），接着在黑色中押了3300元（赔率1:1），请问这位赌客一共赢了多少钱？

瞧！是不是很复杂？

作为一位职业荷官，必须在最短的时间内算出，然后合计过后一起赔给赌客。

除了算钱这个难题，推筹码也是技术活。赌场里每20个筹码叫一栋，这是基本单位，荷官为了体现专业和优雅，所有的筹码必须用一只手贴着桌面一次性赔出，中间不得散落。

可见赌场的工作十分注重经验和心算能力，不是一朝一夕学得来的。

那么橙橙的母亲在法语及英语皆不行的情况下又是如何做到的？

原来Pauline最初被派去管Black Jack，也就是21点，其难度不下轮盘。结果实习不到一个小时，经理便果断换桌面，于是Pauline一路从黑杰克、轮盘、百家乐、加勒比扑克、骰宝、三公、牌九……最后才在Casino War找到安身之处（一张牌比大小，A最大，2最小，简单明了，再适合她母亲不过）。

话说这对母女虽然在同一个赌场工作，但见面的次数寥寥可数，那是因为她俩在不同的厅上班，连休息室也不一样，加上偶有轮班的缘故。

这一天，当橙橙走出赌场，正踌躇该上哪儿吃中饭时，一句"橙橙"让她和母亲又相逢了，记得上一次见面还是万圣节过后。

"一起吃饭？"Pauline问。

"好。"

于是橙橙跟着母亲走向Boulevard大街。

叶橙橙-20

20

这家日料店为上班族提供多款定食，每份15欧元，可说是经济实惠。

"最近怎样？"Pauline边吃青花鱼边问女儿。

"还行，我打算存钱买架钢琴。"

"原来那一个呢？"

"早卖了，现在最便宜的二手琴也要两千多欧元，另外还得找调音师调音。"

Pauline提醒橙橙，她的月工资只有六千多。

"我当然知道，但精神生活也很重要。"

"随便妳。对了，下礼拜我打算和妳继父到西班牙玩。"

"为什么是下礼拜？"

"Bruce只有圣诞假期有长假。"

摩纳哥属于亚热带地中海型气候，夏季干燥凉爽，冬季温暖潮湿，年平均温度在摄氏16度左右，难怪橙橙感觉不到圣诞节即将来到（印象中圣诞节必然是白雪皑皑）。

"真好，祝你们玩得愉快！"橙橙说。

"要不，妳也和我们一起去？"

橙橙摇头答不，因为还得存钱买钢琴。

她母亲还是回答随便她，这句话的解读是她不会为橙橙的钢琴及旅行买单。

结账时，她俩分开付账，没有谁占了谁便宜。

回到赌场门口，Pauline要橙橙好好照顾自己，下班后不妨跟"男"同事出去玩玩。

橙橙笑了，她母亲以为所有洋人都是白马王子。

"走了。"橙橙挥一挥手，然后上楼去。

叶橙橙 -21

21

身为音乐爱好者，不会不知道马克西姆这位来自克罗地亚的钢琴家。他以特立独行的姿态颠覆了人们对音乐的看法，包括将古典曲目与现代元素结合，衣着上也舍弃传统的燕尾服和西装领带，换上一身的狂野劲装，加上耳环、项链、刺青等，酷味十足。

由于昨晚聆听了他那无懈可击的《克罗地亚狂想曲》，橙橙深受感动，所以决定今天也弹奏此曲。

当橙橙按下最后一个音时，服务员为她捧来一杯客人送的橙汁。橙橙转过头去，一个笑起来很甜的女孩向她挥手。

橙橙点头致意，然后弹接下来的曲子。

这个看起来"人畜无害"的女孩是昨晚的赌客之一，橙橙之所以留意到她，乃因她身旁的老男人。赌场偶有"老少配"的组合，橙橙早见怪不怪，只是感觉可惜，条件那么好的人其实不需要降格以求。

今晚女孩又和老男人一起，那男的背对橙橙，身穿着很醒目的橙色外套，看身形，是他无误。

橙橙一直弹到十点才想起客人送的橙汁，冰块早化了，在钢琴上留下一个水印子。

"妳终于弹完了，"那女孩走向橙橙，"我们找家酒吧喝酒去！"

橙橙转过头去，发现老男人不见了。

"对不起，我得回家了。"橙橙说。

"现在才十点。"

"我住在尼斯乡间，离这里起码有40公里。"

女孩说她没去过尼斯乡间，刚好开开眼界。

"妳向来都这么信任人吗？"橙橙问。

"能把《克罗地亚狂想曲》弹得这么好的人，又怎么可能是坏人？"

这个逻辑怪怪的，就算女孩信任橙橙，橙橙未必信任她，她怎么就不换位思考一下？

"我看……下回再说吧！抱歉，我得赶火车了。"

从餐厅走到公交车站约五分钟步程，但就在这五分钟里，一向很少下雨的摩纳哥却突然下起雨来，还好在全身湿透前，橙橙顺利抵达车站。

当橙橙正"望眼欲穿"时，一辆橙色跑车停在她面前。

"快上车！"那人摇下车窗，正是送橙汁给橙橙的客人。

"不用了，谢谢！"

"糟糕！后面那辆是不是要进站？妳快上车！我不想挨骂。"女孩催促着。

橙橙脑子一热，上了车，忘了后方来车正是她等待许久的公交车。

跑车开出去好几分钟，女孩才想起来要怎么开到尼斯？

橙橙说沿着海岸线一直开过去就是，需要转弯时，她会提前告知。

"妳真好。第一眼看到妳，我就想着这个女孩好温婉，像个大家闺秀，我一定要和她做朋友。"

女孩的回答让橙橙心中五味杂陈，自己对她的第一印象可没这么好，反倒觉得可惜，妥妥的一朵鲜花插在牛粪上。

"妳叫什么名字？"橙橙问。

"桔子。"

橙橙以为自己听错了，又问了一次。

"桔子，柑橘的意思。妳如果不想叫我的中文名，唤英文名Mandarine也可以，反正都一样，我不在乎。"

橙橙哈哈大笑，女孩问她笑什么？

"我叫橙橙，英文名Orange。"

"妳没开玩笑吧？！真的叫橙橙？"

见橙橙点头，女孩说搞不好她们是失散多年的姐妹。

橙橙心想自己的哥哥姐姐们都无缘出生，弟弟妹妹们更是没有（打从有记忆起，母亲的腹部一直很平坦），所谓"失散多年的姐妹"，其机率等同火星撞地球。

"这车是妳的？"橙橙转话题。

"不是。"

"妳住哪儿？"

"酒店。"

桔子的回答让橙橙想起了老男人。

"妳打算在摩纳哥待多久？"橙橙问。

"看情况，其实我是带着任务前来，就不知道能不能达到目的。"

目的？看来这个女的不简单，不榨干老男人不罢休。

想至此，橙橙突然失去与她交谈的兴致，纵使她看起来依旧"人畜无害"。

叶橙橙 -22

22

橙橙住在距离尼斯市中心18公里处的乡村，这座环绕橄榄树的小村庄有着16世纪的岩石壁垒、青砖石屋以及石板路，那略带沧桑的容颜有种别样的情调，漫步其间，仿佛能与古人对上话。

"很美的地方啊！"桔子说。

今晚月色朦胧，给小城披上了一件青灰色的薄纱，既冷峻又神秘。

"的确很美，白天又不一样，像……像世外桃源。"橙橙答。

"我好想看看世外桃源呦！"

过了几秒钟，橙橙才意识到自己处在一个左右为难的境地。

"咳、咳、"橙橙故意咳嗽两声，"我的房子很小，只有一张床，偶尔还会有老鼠。"

"老鼠？妳说的是Jerry？"

动画片《猫和老鼠》中的老鼠便叫Jerry。

"是……不是，没那么可爱，体型大一些，有细长的尾巴和黑色绒毛，眼睛是红的，牙齿很尖锐。"

桔子好不兴奋，她说自己长这么大还没看过活老鼠，太好了，一箭双雕（橙橙猜她的意思是既能看到世外桃源，又能看到活老鼠，两件事一次解决）。

这下子已经不是"左右为难"的问题，而是"逼上梁山"，橙橙只好请出老男人。

"妳不回去睡觉行吗？我可不希望妳惹上麻烦。"橙橙提醒。

"说的也是，到妳家时再打电话。"

车子在橙橙的小屋前停下后，桔子果然拨打电话。

"今晚不回去了，我睡朋友家……你好啰嗦……好啦！知道了。"

结束谈话后，桔子把手机递给橙橙，说："我爸要妳输入手机号，省得到时候找不到人。没办法，中国父母就是这样，请谅解。"

"父母？"橙橙惊得下巴差点儿掉下来，"那个穿橙色外套的男人是妳爸？"

"当然，不然妳以为是谁？"

橙橙以为他是老色鬼、凯子、提款机……

"我以为他是妳的上司。"橙橙答。

"上司？妳真爱说笑！这辈子我还没上过一天班，哪来的上司？"

哎！同人不同命。当橙橙为了糊口，疲于奔命时，有人可以不为五斗米折腰，上帝也太不公平了！

按要求输入手机号后，橙橙不放心地一问："妳确定要一箭双雕？"

"嗯！如果妳不反对的话。"桔子答。

叶橙橙–23

23

法国向来有鼠患，原因在于这个国家对化学用品的使用有相当严苛的要求，导致灭鼠剂不好购买，加上圣母白莲花太多（他们认为老鼠也有权利生存在这个地球上），所以问题一直无法根治。

今晚，橙橙不确定老鼠会不会出现，但显然桔子并不在乎，她喋喋不休地讲话，恨不得一个晚上就让橙橙认清她的祖宗八代。

"妳的意思是妳家从曾祖父辈开始发迹，父亲很爱显摆，母亲是校花级人物，有个哥哥在家族企业工作，此次前来是为了聆听克罗地亚的圣诞节音乐会。"橙橙停顿了一下，"既然这样，怎么跑来摩纳哥？你们应该去克罗地亚才是。"

"我想听音乐会，但我爸只想赌，当然先满足他的需求。对了，妳也一起来，虽然我只有两张票，但别担心，我会另外加购一张给妳。"

"两张票？妳爸也一起去？"

"他才没那个闲情逸致，是我哥啦！不过音乐会开始前他才会出现，妳现在看不到他的庐山真面目。"

橙橙告诉桔子，圣诞假期她只放一天假，所以……

"一天够了，我们坐直升机去，不会耽误妳工作。"桔子答。

叶橙橙-24

24

隔天一觉醒来，桔子已经离开，留下了一张纸条，上面写着：我去参观世外桃源。对了，**妳家Jerry挺爱吃蓝纹起司。**

看完，橙橙把纸条揉成一团扔地上，感觉生无可恋（不知天人交战多久，她才舍得买蓝纹起司犒劳自己，结果进了老鼠肚里，真是欲哭无泪）。

叶橙橙 _25

25

音乐会定在12月22日晚上举行，这一天不是繁忙的日子，所以赌场及餐厅经理很爽快地放人。

桔子说既然休假不易，何不21号晚上就飞普拉，这样白天还能逛一逛这个美丽的滨海城市。

橙橙没去过克罗地亚，当然也没去过普拉，经桔子这么一提议，她无可无不可地答应了。

当桔子来餐厅接人时，时间刚过夜里十点一刻。

"这辆车是妳爸的？"上了车，橙橙问。

"他租的。"

"人呢？"

"还在赌场里，已经输掉二十万欧元了，还赌！"

如果橙橙不曾在赌场工作过，她会认为二十万欧元很多，但见识过一夜输掉上千万欧元的例子后，二十万实在很少，少得不足挂齿。

这样的话题其实不怎么令人愉悦，于是橙橙转话题，说："妳爸可真喜欢橙色，橙色的领带，橙色的外套，连租的车也是橙色的。"

"实话告诉妳，这个颜色很吸人眼球，与其说他喜欢橙色，倒不如说他喜欢被关注。"

橙橙忽然想起那个未曾谋面的父亲，据说他也喜欢橙色，这是否意味着他也喜欢被关注？

"桔子，妳姓什么？"橙橙问。

"姓樊，樊梨花的樊，就是那个历史上有名的女将。对了，妳为什么问这个？"

"没事，好奇。"

桔子反问橙橙姓什么？她正要回答，一架直升机从头顶飞过，发出哒哒哒……的声音。

"那是来接我们的直升机……"桔子停顿了一下，"我猜的，应该八九不离十。"

听说坐一趟直升机所费不赀，橙橙问桔子："妳父亲难道没说什么？

"有，他说注意安全。"

叶橙橙 _26

26

Pauline曾说橙橙的生父喜欢橙色，这也是她名字的由来。正因为这个与父亲相关的名字，橙橙喜欢上所有橙色的东西。

然而进入青春期后，橙橙的叛逆心油然而生，想到被父亲抛弃，自己却还喜欢他喜欢的颜色，简直傻得可以！所以杜绝了这个颜色，只保留一件秋冬款的橙色连衣裙和一只橙色表带的石英表，原因无他，当初的售价太过昂贵，扔掉可惜。

这次上克罗地亚，打包行囊时发现了这件连衣裙，其色彩依旧鲜艳。橙橙只考虑了一下便把它塞进包里，打算让它重见天日。

隔天晨浴完毕，桔子注视着橙橙的身上衣，说："哇！这衣服也太漂亮了，哪里买的？"

"现在应该买不到了，是很多年前的旧衣。"

"妳耍我？"

橙橙耸耸肩，默不作声。

当她们来到酒店餐厅吃早餐时，每个人都盯着橙橙瞧，包括一位三好学生。

"这是我哥——罗杰，这是我新认识的朋友——橙橙。"桔子介绍。

"很高兴认识妳。"罗杰对橙橙说。

"你好。"橙橙答。

然后桔子对她哥说："怎样，比文芳漂亮吧？！"

橙橙问谁是文芳？桔子答文芳是她哥的前女友，两人已经分开了。

"Oh! I'm sorry."橙橙说。

桔子忽然咯咯咯地笑，橙橙问她笑什么？

"文芳是黑社会大姐，两人分手没什么好遗憾的。"

"真的？"橙橙转头问罗杰。

"别听我妹的，文芳优秀得很，是我配不上人家。"

吃完早餐，桔子说她的香奈儿套装和橙橙的连衣裙一比简直完败，不行，她得回房换件出彩的。

结果桔子换上了一件全白的连衣裙，两个女人这下子看起来就像一对姐妹花。

"走！让我们上街抓住所有男人的心。"桔子说。

叶橙橙 _27

27

来普拉之前，橙橙已事先做过功课，知道这个城市位于克罗地亚西北部的半岛上，一世纪时为罗马帝国的一个桥头堡，现在则是克罗地亚的重要货运港口。其旧城中心仍保存着罗马时代的街道设计，留下不少的建筑陈迹，包括竞技场、凯旋门、城墙、马赛克壁画等，虽然经过岁月的洗礼，仍能略窥当年罗马帝国鼎盛时期的风采……

"喏！"桔子手指前方，"那就是竞技场，今晚的演出地点，也是世界上唯一将罗马建筑特色完整保存下来的竞技场。"

"哇！真壮观！"橙橙赞叹着。

罗杰说："在古代，竞技场主要用于格斗表演，现在则被克罗地亚用来举办文化活动。听说二次大战期间，意大利法西斯政府曾想把它拆了，整个移至意大利，后来因经费过高而作罢。"

橙橙心想还好作罢，否则现在就享受不到"原汁原味"了。

由于今晚有演出，此时的竞技场看起来很繁忙，不仅座椅陆续进场，灯光和大屏幕也开始架设。

"古建筑和现代产物同时出现，看起来有点儿不伦不类。"橙橙说。

"夜晚来临就不一样了，当灯光打下来，效果很震撼人心。"

橙橙问她怎么知道？桔子答Nick已经不止一次在此演出，她看过视频，不会错的。

" Nick?"

"他是大提琴手，自从知道他会参加这场音乐会，我立即上网购票。"

"噢！原来妳是他的粉丝。"

"嗯……也是也不是。"

橙橙还想问仔细点儿，罗杰催促她俩快点儿走，以这个龟速，估计中午前都走不出竞技场。

这个回答让橙橙和桔子都忍不住哈哈大笑。

接下来，他们走走停停，参观了不少名胜古迹。在看过奥古斯都神庙后，时间已近中午，桔子提议叫车到奥帕蒂亚吃传统的克罗地亚美食。

"普拉的食物不传统吗？"橙橙问。

"也传统，不过这里没卖大尺寸姜饼。"桔子答。

原来克罗地亚人流行将心形姜饼赠给爱人，借以表达情意。自从桔子听说奥帕蒂亚有家烘焙店卖大尺寸姜饼后，就想着在姜饼上写下情话，好送给Nick。

橙橙迷糊了，刚开始她以为桔子在追星，现在看来两人的关系似乎要比那个深（如果不是，只能说明桔子是个大花痴）。

"妳若想去，我当然跟着去。"橙橙答。

"妳也可以顺便买姜饼送给喜欢的男生。"桔子说。

橙橙之所以不反对前往，倒不是因为爱情姜饼，而是听说那个小镇是茜茜公主最钟爱的地方，她是奥匈帝国皇帝弗里茨一世的妻子。

"免了吧！我已经单了很久，看起来还会继续单下去。"

话一答完，桔子对她哥眨眼睛，像是说："眼前就有个追女机会，可不要错过了！"

叶橙橙 _28

28

奥帕蒂亚坐落在亚得里亚海畔，享有"玫瑰和玉兰花之城"的美誉。这里有绿树成荫的公园、宜人的气候和漂亮的海边别墅，是克罗地亚最古老的海边度假圣地，也是历年来王公贵族及文化界名人趋之若鹜的地方。

在面朝大海的餐厅吃完土豆炖牛肉、海鲜汤和墨鱼饭后，他们沿着海滨漫步。海水中有一座"女孩与海鸥"的雕像，它是奥帕蒂亚的标志，每天目送着潮来潮往，就像这里的生活，简单而宁静。

"Nick是怎样的人？"橙橙边望着波光粼粼边问。

"他……很特别，不止表现在音乐上，还包括他的个人魅力，我再也找不到比他更好的人。"

桔子的回答让橙橙感到好奇，莫非世上真有这种稀缺物种？反正她没遇到过，即使前男友及前前男友也未曾让她惊喜，她甚至怀疑"一见钟情"和"一眼万年"是否真实存在？

"如果……如果妳的男神已经有喜欢的人……"

"不可能，"桔子扬起声，随即又放低音量，"即使是真的，我还是会继续爱他，直到海枯石烂为止。"

橙橙心想桔子至少还有盼头，不像她，早对男人不抱任何希望。

"程小姐，如果妳的男神已经有喜欢的人，妳会怎么做？"罗杰突然问。

橙橙噗嗤一笑，原来"三好学生"一直以为她姓程。

"哥，橙橙不姓程，她姓……"桔子转看橙橙，"对了，妳姓什么？"

橙橙做了一个落叶飘零的动作，也不知道是她的表达方式不对还是其他，反正这两兄妹愣是猜不出来。

"算了，就叫我橙橙吧！橙色的橙，别冠姓氏了。"橙橙说。

罗杰接着问橙橙："难道妳不好奇我姓什么？"

这有什么可好奇？桔子既然姓樊，她的哥哥当然也姓樊，不过橙橙不想按常理出牌。

"你姓罗，罗杰的罗。"橙橙故意说。

此话一出，罗杰和桔子笑岔了气。橙橙感到莫名其妙，这么冷的笑话，至于吗？

叶橙橙 -29

29

桔子在烘焙店里买到一个约九寸大小的姜饼，烘焙师傅满足了她的愿望，在红色饼干上用融化的巧克力写下表达爱意的诗句。

"这下子Nick应该能明白妳的心意了。"橙橙说。

此时的桔子却陷入沉默，思绪好像飘到很远的地方……

这也是橙橙不明白之处。刚开始，她以为桔子是个无忧无虑的阳光女孩，像透明玻璃杯里的水一样，让人能一眼望穿。然而接触过一阵子后，她反倒觉得自己肤浅了，桔子可不像表面上看到的那样，她的开朗是装出来的。

"我能不能也送礼物给Nick？"橙橙故意说。

"不许！他是我的。"

才一会儿工夫，桔子又恢复原来的状态，连笑容也复制得一模一样，让橙橙隐隐感到不安。

叶橙橙 30

30

夜幕低垂，华灯初上，音乐会就要拉开序幕。

桔子曾说竞技场在灯光的照耀下很是震撼人心，这是真的，不仅神秘，还带点儿诡谲气息，仿佛下一秒钟，帝国将军就要率领千军万马而来……

橙橙和桔子在前排正中的位子上坐下，桔子的大腿上还搁着一个包装精美的纸盒，里面装着用来表达爱意的姜饼。

当观众陆续入场，管弦乐团和指挥也就定位时，桔子忽然弓着身子走开。没多久，罗杰弓着身子走过来，压低声音问橙橙："什么事？"

"什么？"

"妳不是有话问我？"

橙橙愣了一下，才答："我问你妹你是不是跟我们一起回摩纳哥？她说你最清楚。"

"我今晚去巴黎。"

罗杰一答完，观众的掌声响起，代表演奏开始了，他只能坐在原本属于桔子的位子上。

节目进行一个多小时之后，一个俊朗帅气的男人从后台走上前来，脚步轻盈，像参加一个再平常不过的聚会。就位后，温婉动人的大提琴旋律响起，曲目是《Hallelujah》。

没想到这首赞美上帝的曲子也能拉得如此令人迷醉，橙橙彻底沦陷了。霎那间，"一见钟情"、"一眼万年"、"一见倾心"、"一拍即合"……皆成为可能。

后来谁当压轴？弹奏了什么？橙橙完全没印象，满脑子都是这个帅气男人的身影。

"终于结束了！"坐在橙橙身旁的罗杰叹了口气，"若再继续下去，我肯定见周公。"

橙橙感到很不可思议，这么好的音乐飨宴，怎么在他听来却索然无味？还有，既然不喜欢音乐，何必勉强自己聆听？

罗杰解释一个人有一个人的爱恶，无关对错。至于为什么来聆听音乐？还不是因为桔子……

橙橙想进一步追问，结果桔子跑过来对她说："快！散场了，帮我找Nick。"

"我不知道他的长相。"

"最帅的那一个，"桔子停顿了一下，"方才拉《Hallelujah》的那一位。"

橙橙的心喀噔了一下，怎么这么凑巧？

接下来，这两个女生在多如过江之鲫的人潮中快速锁定背大提琴的人，正当寻寻觅觅时……

" Are you looking for me?"

橙橙转过头去，是他，Nick。

"Yes......No......Yes......" 橙橙紧张得语无伦次。

他笑了，紧接着说今晚橙橙穿了一件漂亮的橙色连衣裙，害他无法专心演奏。

原来这个男人也注意到橙橙，这让她更加小鹿乱撞。

"I......I'm sorry." 橙橙嗫嚅地答。

这次他笑出声来，问橙橙是不是一向如此拘谨？

"No......Yes......No......" 橙橙又开始紊乱了。

此时桔子跑了过来，橙橙以为她会奔向Nick，结果她把姜饼盒子往橙橙手里一塞，人躲到橙橙身后，一句话也无。

"Is that for me?" Nick问。

橙橙只好答是，然后把盒子递过去。

"What's inside?"

"Gingerbread."

橙橙话一答完，桔子马上拉她离开，那样急，像有飞禽猛兽在后追赶似的。直到再也看不到Nick，桔子才松手。

"妳怎么了？"橙橙问。

"我太紧张了，妳摸，"她摊开手，"手心全湿了。"

橙橙没摸，因为她的手心也湿了。

"我以为你俩至少认识。"橙橙问。

"是认识呀！只是我们已经有大半年没见，他可能不记得我了。"

橙橙直觉这是不可能的事，但她没有在这个问题上打转。

按照计划，接下来便是回酒店拿行李，然后坐直升机回摩纳哥。由于回尼斯晚了，今晚橙橙会和桔子挤一块儿，明天天亮好就近上班。

叶橙橙 -31

31

橙橙和桔子在摩纳哥下机，罗杰则继续搭直升机去巴黎，具体为了何事，橙橙不清楚，也没兴趣知道。

当两个女孩进酒店房间时，桔子的父亲正在客厅里抽烟，烟雾缭绕。

"我见过妳。"他把烟熄了，指着沙发，"坐。"

"爸，橙橙累了，饶了她吧！"桔子说。

"Chengcheng? 挺有意思的名字，"他转向自己的女儿，"妳先去洗澡，我跟小姑娘聊聊天。"

桔子还想说什么，被橙橙拿话给堵住了（主要是她不想让长辈没面子），桔子只好快快回房。

"听说妳们去听音乐会了，感觉如何？"他问。

"很好……非常好。"

"妳的名字叫'Chengcheng'，哪个Cheng?"

橙橙答橙色的橙。

"喜欢我的橙色睡衣吗？"

"什么？"橙橙睁大眼睛问。

这个男人穿着上下两截式的橙色睡衣，再平常不过，但问话实在太不正常了。

桔子的父亲后来解释因为橙橙身穿橙色连衣裙，又叫"橙橙"，所以以为遇上同好。

"我本人不是特别喜欢橙色，会穿上它大概是命运的安排。"橙橙答。

"我不一样，非常、非常喜欢橙色，这个颜色能瞬间让我成为焦点。焦点是什么？焦点就是流量，而流量能变现，进一步说，还能吸引异性的目光……"

这个颜色能不能变现？橙橙不知道，但她的橙色连衣裙的确吸人眼球。简言之，橙橙无法反驳他的言论。

接下来，橙橙被迫听一个"成功"男士吹嘘，包括他拥有三家上市公司，这次旅行花了百万（包括赌输的钱），还要橙橙回国后找他，他会帮她安插个钱多事少的工作……

"谢谢！我对目前的生活状态感到满意，暂时不会回国。"橙橙答。

"告诉我，"他忽然压低声音，"玩轮盘有没有什么诀窍？或者……赌场有没有出老千？不然我怎么老输钱？"

其实从"摩纳哥禁止本国人赌博"的规定中就可见端倪，赌场怎么可能输？赌客赢的不过是身旁的倒霉鬼罢了。

"我不清楚耶！有句话'小赌怡情，大赌伤身'，应该是这个道理没错。"

男人听完呵呵呵地笑，让人不明所以。

"那么我回房了。"橙橙起身。

"等等，"他走进自己的房间又踅回，"这是给妳的。"

橙橙的手里因此多了五百欧元。

"什么意思？"她问。

"谢谢妳陪小女去听音乐会。"

橙橙把钱塞还给他，说："听音乐会是我乐意做的事，不用给钱。"

结果男人又把钱推给她，答："那么算是提前给妳的小费，明天我还会去赌。"

赌赢的赌客偶尔会给荷官小费，但没遇到过事先给的（还给的这么多），太不正常了！

男人说就当给个好兆头，他已经输太多了，就靠明天翻盘。

回到房间，橙橙发现桔子躺在床上玩手机，而桔子发现橙橙手里拿着钱。

"哪来的钱？"桔子问。

"妳爸给的。"橙橙答。

桔子瞬间脸色大变，橙橙才意识到说错话了，赶紧解释来龙去脉。

"给妳一个良心建议，千万别落入我爸的圈套。他已经跟很多女孩扯不清，年轻时还差点儿在外面生下私生子，要不是我妈快刀斩乱麻，指不定我会多出一个哥哥或姐姐。"桔子说。

橙橙要桔子放心，她对老男人完全没兴趣。

"那就好。"桔子拍拍身旁的位子，橙橙坐上去，"回答我，妳觉得Nick怎么样？"

"嗯……挺好的。"

"挺好的？我认为他完美无瑕，人长得好看，还那么有才华。"

"噢！"

也许橙橙没说打击的话，桔子默认这是支持，于是又喋喋不休地说起这个男人种种的好。

"对不起，我明天还要上班，想洗洗睡了。"橙橙不得不打断看似没有终点的谈话。

"好吧！不过我可提醒妳一句，他是我的，妳可不许喜欢他。"桔子说。

叶橙橙 _32

32

隔天，橙橙打着哈欠上班。经理巡视赌场时，要她多注意一下形象，橙橙点头称是。

由于昨晚提前收了小费，橙橙以为今天会遇到那个"橙色男人"，结果直到下班也没看到人影，倒是当她面对码头大啃汉堡时收到一条短信，原来桔子家里出了点儿状况，她和父亲不得不马上回国。

"祝一切顺利。"橙橙回复。

然后桔子发来一张笑脸和一张哭脸，也不知是什么意思。

叶橙橙 _33

33

桔子曾说Nick是她的，要橙橙别喜欢他。

在橙橙看来，这很荒谬，只要不逾越法律和道德底线，每个人都有喜欢他人的权利。据她所知，Nick未婚，那就更不用说了，除非Nick当面拒绝她，否则橙橙要一直喜欢他，直到某天不再有喜欢的感觉为止。

叶橙橙 _34

34

橙橙十多天后才和母亲在赌场大门口狭路相逢，大概西班牙的日照充足，她黑了不少。

"一起吃饭？" Pauline问。

"好。"

于是她俩一起走向格蕾丝王后大道上的中餐馆。

"最近怎样？" Pauline边吃宫保虾球边问橙橙。

"还行，我打算存钱买大提琴。"

"不买钢琴了？"

"买了。就是因为买了，所以没钱买大提琴。"

Pauline问她多大了？橙橙答26。

"26岁才开始学大提琴是不是晚了？"

橙橙想学大提琴其实是为了一个男人，她母亲是不会懂的。

"平常我花在吃喝玩乐上的钱很少，如果连这点儿小爱好也不被满足，人生还有什么意思？"橙橙反问。

"我也就这么一说，妳想干啥就干啥，这是妳的人生。"

气氛有点儿僵，于是橙橙告诉母亲她新近遇到的人，借以活络氛围。

"妳说那个男的喜欢橙色，他姓什么？"

橙橙知道母亲为什么问这个，可惜没那么凑巧。

"他姓樊，不姓叶，不可能是我父亲。"橙橙答。

Pauline明显松了一口气，橙橙趁机问生父的家世背景（以前也问过，但Pauline总顾左右而言他，不过这次倒有了答案）。

"他家已经富了好几代，那样的家庭早早就替他张罗对象。他告诉我——他的婚姻毫无质量可言。我信了，可是他没告诉我那个女人厉害得很，不仅打得我满地打滚，下体还出血。原以为这下子孩子保不住了，偏偏妳命大，只能说这是上天的旨意。"

橙橙早猜到自己的出生不被期待，但没想到这么不受欢迎。

"他……有其他孩子吗？"橙橙问。

"一个，男的，比妳大几岁。"

知道在这个世界上还有一个同父异母的哥哥，霎那间，橙橙感觉没那么孤独了。

"妳可别去寻亲哈！到时热脸贴冷屁股就难堪了。"Pauline突然告诫女儿。

"知道啦！我不会吃饱了撑着。"

"那就好。当初我签下合同，承诺收下二十万元后就堕胎，意思是叶家并不知道有妳的存在。"

橙橙一听，差点儿吐血，原来已经银货两讫。

"钱呢？我指那二十万元。"

"早花光了，哪还能留到现在？"

说的也是。以Pauline大手大脚的花钱能力，把二十万元花光完全不成问题。

"下次别来这家吃，宫保虾球竟然加番茄酱，这是做给外国人吃的。"橙橙忽然来气，也不知在气什么。

结账时，橙橙继续不让Pauline好过，故意说自己忘带钱包了。她母亲倒没说什么，默默把账单付了。

回到赌场，Pauline要女儿好好照顾自己，同时旧话重提，建议她下班后不妨跟"男"同事出去玩玩。

"我的眼界没那么低，再怎么也得找个货真价实的白马王子约会才成。"橙橙挥一挥手，"走了。"

叶橙橙 _35

35

橙橙住的乡间没有教大提琴的老师，所以轮到休息日，她总要到尼斯市中心拜师。教她的是一位老先生，对橙橙的"好学精神"很感佩，但仍提醒她纵使有音乐底子，想拉好《Hallelujah》也得花至少两三年的功夫。

也许有人会笑橙橙痴，喜欢一个人何必如此煞费苦心？

其实这是自卑心理在作祟。橙橙是个私生子，没有花容月貌，也没有傲人的学历和工作，有的只是一颗纯真的心。如果有幸还能与那位让她"一眼万年"的男人相遇，橙橙希望届时他能明白自己的用心。

现在的橙橙除了学习大提琴外，凡有关Nick的种种，她一字不落地照单全收（好比他是克罗地亚人，后来到英国留学，这很好地解释为什么他的英语会如此流利）。惟有如此，她才不感觉空虚，然而这充满"正能量"的生活却被接下来的一则则变化给拉到截然不同的轨道上………

梧桐路上的叶橙橙……

梧桐路的两旁种了许多梧桐树，那种遮天蔽日的绿是别的行道树所没有的，很难想象大城市也会有如此自然、质朴且宁静的景观，然而此时的橙橙，内心却不平静。

自从听闻噩耗，橙橙就没睡过一天好觉，这么自我折磨十几天之后，她决定搞清楚事情真相，这也是她踟蹰在梧桐路上的缘故。

罗杰曾告诉橙橙，他家住在锦绣路15号，梧桐路走到底左转便是。路是不难找，难的是橙橙若见到罗杰要说什么好？这个男人一直以为只要说服自己的母亲，一切困难就能迎刃而解，殊不知更大的难题还在后头，极可能永远也解决不了。

"妳好，请问这附近哪里有卖热饮？"一位路人拦下橙橙问。

"抱歉，我对附近不熟，不过我刚刚好像经过一家咖啡馆，就在……"橙橙手指来时路。

"我知道，可是门打不开哪！"

橙橙隐约记得那家店的门上挂着"营业中"的牌子，怎么会打不开呢？

"怎么办？除了那家，我一时想不起来哪里有卖热饮。"

"没事，还是谢谢妳。"

路人离开后，橙橙反倒好奇是怎样的店会在大白天锁门？于是她往回走，想确认是不是如同路人所说那样。

"凡以神仕者，掌三辰之法，以犹鬼神示之居，在女曰巫，在男曰觋。"橙橙默念店门口人字板上的文字，"这是啥玩意儿？"

再看馆内的窗帘全拉上，外面看不见里面，而门板上却挂着"营业中"的牌子，橙橙更加纳闷，于是伸手去转那个古铜色的圆形把手，"扣"的一声，门开了。

"欢迎光临。"一个戴着白色头巾的女人站在柜台前对她说。

这下子橙橙进退两难，她赶着去见罗杰，没时间喝咖啡。

"不急，妳找的人还在睡觉。"女人说。

"妳怎么知道我在找人？"

"妳的表情告诉我的，"她做了个手势，"进来吧！喝杯咖啡再走。"

其实橙橙还想问她怎会知道罗杰在睡觉？总不致于是自己的表情泄的密吧？！因为她也不清楚罗杰现在在干嘛。

话到嘴边，橙橙还是吞下，因为那女人的目光已移开，正低头不知写些什么。

橙橙想想也好，今早滴水未进，如果低血糖再犯，更解决不了问题。

一走进咖啡馆，橙橙才发现里面比想象中大，如果不是堆满杂物，摆十张桌子应该不成问题。

"这是什么？"橙橙拿起置物架上的干瘪物问。

"那是壁虎干。"女人抬起头回答。

橙橙吓得赶紧把"干尸"放回去。

"没那么恐怖，把壁虎干磨成粉能治病，不过在我的店里有别的作用。"

"什么作用？"

"施法过后，能让变心的人回头。"

显然这是家黑店，专门骗无脑之人，橙橙顿时失去继续停留的念头，可是正当她想离开时，那名妇人不见了。

"奇怪，人呢？"橙橙喃喃道。

这下子她进退维谷，若悄咪咪走人，万一店里少了东西，她跳进黄河都洗不清。还好没多久，女人出现了。

"这杯是特别为妳调制的。"女人说完，把杯子递给她，右手腕上的蜘蛛刺青很吸人眼球。

橙橙端起杯子，一饮而尽。

"我以为妳至少会留下半杯，这咖啡挺烫的。"女人坐下，捡起带金边的骨瓷杯查看，"还好留下一小勺的量。"

咖啡是烫，但对于急于离开的人来说，完全可以忽略不计。

"谢谢妳的咖啡，多少钱？"橙橙问。

"不急，等我解决妳的问题再说。"

"问题？我没有任何问题呀！"

"妳不是怀疑男友与妳有血缘关系？"

橙橙吓坏了，这么隐秘的事，她怎么会知道？

女人解释是橙橙喝剩的咖啡告诉她的。

橙橙一听来劲，问："除了这个，咖啡还说了什么？"

女人转动一下咖啡杯，边看着杯底的咖啡边说："妳原本爱的不是这个人，不过这个选择是好的，看样子男友很爱妳。"

说的一点儿也没错，橙橙原本恋上Nick，后来迫于压力才离开这个克罗地亚男人。那段低谷是罗杰陪她一起走过，也正因为这一段，她才发现原来"那人正在灯火阑珊处"……

"妳说……"橙橙停顿了一下，"妳说罗杰会不会是我的同父异母哥哥？"

"原来妳的男友叫罗杰，"女人放下咖啡杯，"回答这个问题前，我想知道妳是何时发现这个秘密？"

橙橙忽然意识到眼前的这个女人并非每件事都知晓，她还需要外物辅助。这个发现反倒让橙橙心安，毕竟太神乎其神的事只能归为神话。

"这个得从那天说起……"橙橙很快跌入回忆的漩涡里。

十几天前，当橙橙吃着美食，手机响了，她接听。

"我在葛丽斯王妃路上。"

"啊～"

"妳怎么了？"

橙橙之所以喊叫一声是因为忘了桔子今天到。

"妳饿吗？我正在车站附近的中餐厅吃炒饭。"橙橙说。

"不饿，刚吃完鹅肝三明治。"

橙橙后来跟她约在葛丽斯王妃路上的泰式餐厅门口见面，这家餐厅又是大红灯具，又是金色鸟笼，桔子应该不会错过。

就那么凑巧，当两个女孩碰面时，**Pauline**刚好从那家泰式餐厅走出来，于是橙橙快速介绍双方。

"伯母好，我是桔子。"

"桔子？好特别的名字，妳姓什么？"

"姓樊，我从母姓。"

这个回答让橙橙很诧异，她压根儿没想到桔子会从母姓。

"这个姓氏很少见啊！" **Pauline**眉头深锁，"而且妳看起来有点儿眼熟。"

桔子回答这个姓氏的确很少见，朋友中还没遇见过第二个姓樊的，至于看起来眼熟……她没遗传到母亲的美貌，反而像父亲多一些，应该不会让人产生错觉才是。

"妳母亲是名人吗？"橙橙插嘴问。

"她年轻时当过演员，还拿过几个小奖，生下我后就不再拍戏了。"

母亲冲口而出："樊诗云。"

桔子哈哈大笑，说看来她的母亲还小有名气。

橙橙的年纪只比桔子大一些，她的母亲在她出生后便不再拍戏，橙橙当然不可能有印象。

当橙橙追问桔子的母亲都拍过哪些电影或电视剧时，自己的母亲竟然悄悄走开了。

橙橙不以为意，后来知道噩耗是几个小时之后的事。她母亲把她拉到一旁，告诉她当年自己插足的正是樊诗云的婚姻，换言之，"橙色男人"是她的生父，桔子是她的妹妹，而罗杰是……

"妳大老远跑来，就为了和男友做血缘关系鉴定？"女人听完接着问。

"也是也不是，我还想看看生父的表情，第一表情是骗不了人的。"

"妳不觉得这是给自己添堵吗？"

如果橙橙和罗杰不是兄妹，橙橙还不觉得有什么，万一真的是，添堵的就不会只有橙橙一人。

"即使添堵，我还是要做，死也要死个明白。"橙橙答。

"既然这样，那么我帮妳看看。"说完，女人又低头看杯底的咖啡，一会儿紧皱眉头，一会儿叹气，似乎遇到了瓶颈。

此时"嘎"的一声传来，吓了橙橙一大跳，她以为柜台旁的鸟架上站着的是鸟标本。

女人解释那只活生生的黑渡鸦是她的助理，名字叫飒耶，不是标本。

话音一落，叫飒耶的鸟忽然张开翅膀在室内盘旋。几个来回之后，它从青铜大盘里挑中一个手绳，把它叼到圆桌上。

"谢谢你，飒耶。"女人对它说。

然后鸟儿重新回到鸟架上，再次一动也不动。

接下来女人聚精会神地凝视着手绳，像要将它看穿了似。

"请问……"

"嘘～别打扰我工作。"

于是橙橙闭上嘴巴。

"嗡吧匝拉……恐萨满压……西地美哉云雷依……嗡吧匝拉……恐萨满压……西地美哉云雷依……"女人将双手置于手绳上方，同时反复吟唱着。

过了好一会儿，女人才停止这个怪异的举动，然后以笃定的语气说："罗杰与妳没有血缘关系。"

"真……真的？"橙橙露出迷惑的表情，"难道他的生父另有其人？"

"问题不在这，而是出在妳母亲身上，当年她同时和两个男人交往。"

橙橙以为再怎么离谱，做母亲的应该不会搞错孩子的生父才是。

女人表示这究竟是无心之过还是有意为之，已经无需追究，因为没多大意义了。

老实说，自从噩耗传来，橙橙想过各种可能性，偏偏没想过自己的父亲可能不是"橙色男人"。如今想追究，的确已经没意义，毕竟事情都过去那么久了。

"谢谢！妳真是帮了我一个大忙，不过为保万无一失，我还是会拉罗杰去做鉴定。"橙橙说。

"随便妳，信者有，不信则无。"

"对了，我该付妳多少钱？"

"钱乃身外之物，我不要钱，只要妳身上的东西，任何一样都行。"

既然这样，橙橙便把腕表取下。这只橙色表带的石英表跟着她已有十年之久，当时花了近两千元人民币。

橙橙离开后，女人把表放进胡桃木制的盒子里，然后转身回到柜台。

第三位客人：桔子

桔子－1

桔子认为作父母的起码得对孩子的名字负责，那些随意起的名字简直可恨至极（好比仙桃、铁树、石头、狗蛋、二呆……等），毕竟名字跟随人的一生，不得不慎。

她之所以感慨乃因自己有个令人过眼难忘的名字，全国大概挑不出几个。

"桔子多好，笔画少又好听，同时寓意佳，它代表财源滚滚、吉祥如意、团圆美满，是个好得不能再好的名字。"她的父亲乐呵呵地解释。

"别听妳父亲的，全是鬼扯蛋，他自己喜欢橙色，所以选择这个名字，我反对也没用。"她的母亲撇清了说。

听到这个，她不免来气，既然喜欢"桔子"这个名，何不留给哥哥？凡事都有个先来后到，不是吗？如果嫌"桔子"太女性化，还有其他选择，好比南瓜、芒果、柿饼……等等。

她的父亲表示他也曾想过给自己的第一个孩子取名萨米（Sammy），希伯来语的意思就是"像太阳一样的人"（众所周知，傍晚时的太阳会呈现橙色）。结果自己的老婆当时迷恋上一位叫罗杰的美国演员，非要给自己的儿子取同样的名字，他也很无奈。

话一答完，她的母亲立刻跳出来反对，强调取"罗杰"这个名是夫妻双方都同意的，没有谁勉强了谁……

如果你以为这样"欢快热闹"的对话经常有，那就大错特错了。大部分的时间里，这家人不讲话，因为男主人忙着外遇，女主人则忙着花钱撒气，如果不是偶有哥哥相伴，桔子大概会早几年轻生。

没错，桔子已经自杀过数回，有一次甚至都下达病危通知书，结果还是被人从死亡线上给拉回来。

没死成的处罚便是得面对没完没了的审问，这比死还难受。

"妳到底是怎么想的？家里为妳创造那么好的条件，要风得风、要雨得雨，妳还有什么不满意的？"她的父亲问。

"拜托，别再给我添麻烦了。如果不开心就购物去，一次不成就去两次，两次不成就去三次，总会高兴起来。"她的母亲说。

偏偏桔子就是开心不起来。

她的父母后来一商议，决定送她出国（既然留在国内不会变得更好，何不送到国外？也许换个环境有助转换心情）。

就这样，桔子开始过起海外生活。

起初，的确有好转的迹象，看看帝国大厦、吃吃脏水热狗、听听饶舌音乐、买买各种带有NY(New York，纽约)的纪念品……好像还满新鲜有趣的。然而就像在国内一样，当桔子适应了环境之后，那只生活中的黑狗便回头死死咬住她，让她不得不负重前行。

某个夜里，当她在床上辗转反侧时，有个声音告诉她何不就此了结一切？于是她起床，把浴室里的洁厕剂一仰而尽。如果不是腹痛到在地上打滚，还因此打碎了香薰灯，家里的阿姨不会被惊醒，并且连夜送她上医院。

再次没死成，"惋惜"和"遗憾"已经不足以形容她当下的心情，而最可怕的是她竟然在身体已无大碍的情况下被送往精神病院，不仅衣服、鞋、手机……全上缴，还被迫穿上病号服，果然"非我族类，其心必异"。

" May I ring my lawyer?" 桔子问。

虽然目前她该通知的是远在国内的父母，但感觉"律师"这个名号一说出来会比较有震慑力，所以还是这么问了。

男护士表示这个问题得问医生。

等见上面，桔子才发现这是一位皮肤很白的医生（比任何一位白人还要白），说话轻声细语的，像怕一大声会吓到病人的样子。

" May I ring my lawyer?" 桔子一开口就问。

" Why?" 医生反问。

桔子答住进精神病院践踏了她的人权，她有权捍卫。

然后医生问她是否还想自杀？她回答想。

然后医生再问她想不想聊聊？她回答不想。

结局是她被男护士给带回房间，直到她想谈，才有其他的可能性。

桔子 -2

2

桔子进到房间，发现里面有两张床。

"I can't sleep." 一个看起来像印度裔的女人坐在床上对她说。

"Oh! I'm sorry." 桔子答。

然后每隔一段时间，那个女人都会重复同样的话，后来桔子连"遗憾"都不想说了。

当护士来送餐时，桔子问她能否给室友几片安眠药吃？护士答Lola的问题不在睡眠上。

不在睡眠上，那在哪里？

虽有疑问，但桔子并没有进一步追问，而是先向Lola伸出友谊之手，问她要不要吃自己盘里的Sloppy Joe （字面上是"邋遢乔"，其实就是夹着牛肉酱的汉堡）？

结果室友回复她的仍是："I can't sleep."

桔子 _3

3

吃完难吃的晚餐，护士问桔子要不要打电话给家人报平安？

桔子想了想，回答："Yes."

护士让桔子使用护士站的座机，铃声响了又响，另一端依旧无人接听。

"Maybe your family are asleep. You can call them tomorrow." 护士安慰她。

其实桔子并没有给远在中国的父母打电话（害怕又得听训），而是打给家里的阿姨。这个时间点是她上网冲浪的时间，可是她却没接听，让桔子有了不祥的预感，毕竟会寻短见的雇主总让人感到害怕

回到房间，Lola又对桔子说："I can't sleep."

桔子冲口而出："I can't sleep, either."

没想到才过了几分钟，鼾声如雷的声音便传来，看来今晚桔子很难入眠了。

桔子_4

4

因为失眠，桔子想起很多事，包括她的第一次自杀。现在回想起来还是有点儿荒谬，但当时感觉真没必要再继续，连多吸一口气都是浪费。

"至于吗？狗死了再买条新的，多大点儿事？妳是怕我不给钱，还是怕市场上再也买不到同样品种的狗？"她的父亲在她获救后问。

桔子没回答，只是不断地流泪。

回到家，桔子赫然看到一模一样的斗牛犬。她边抚摸边哭泣，哭得声嘶力竭、肝肠寸断，她的父亲只好把狗送走，从此家里再也没养过任何宠物。

桔子之所以情绪失控是因为狗的死亡是她一手造成的，如果当初过马路时能多留意一些，狗也不致于被车撞。既然死亡已成事实，她就想一命偿一命，好缓解内心的压力……

如果说第一次自杀尚给得出理由，接下来的每一次自杀，桔子都给不了"正当"的理由（这是针对外人而言，对于桔子来说，不仅有理由，理由还相当充分，只是旁人无法理解而已）。

桔子的父亲曾说家里为她创造那么好的条件，问她还有什么不满意？

这是真的，桔子不仅家境优越，人也长得水灵，同时书读得还不坏。总的来说，排得上金字塔顶端，但条件好不代表就快乐，好比爬上顶峰的人，那种孤独悲凉的感觉恐怕无人能及。

听起来很玄乎，但正是这种"世界之大，无人能懂"的心情，一步步将桔子推向痛苦的深渊……

桔子_5

5

隔天吃完早餐没多久，护士就过来敲门，因为医生正等着她。

桔子看了一下时间，九点整，她猜今天的第一位就诊病人是自己（虽然她不认为自己生病了）。

"Do you want to talk today?" 医生问，依然轻声细语。

经过一天的冷静，桔子决定和医生谈谈。她告诉他——自己是世界上多余的人，有没有她，这个世界都不会有任何变化，那么何不多出一口饭、多省一口气给有需要的人？

医生问桔子旁人是否认为她是多出来的那个人？

桔子想了想，回答不知道，可能不是吧？！因为当她融入团体时总表现出积极活泼的一面。

"Why?" 医生又问。

这个问题不难回答，如果桔子把心晾出来给大家看，她害怕会被贴上标签，至于是什么标签，那不重要，重要的是她不想搞特殊，想和大家一样……

医生说既然想和大家一样，为什么要自杀？这解决了什么问题？

桔子答起码解决了人生的三大问题（我是谁？我从哪里来？我要去哪里？），当然，前提是死后也有意识。

医生沉默了一会儿后，问："What else?"

"That's all."

结果医生断定桔子还有事瞒着，否则不会使用"起码"这个字眼。

这是头一回桔子意识到心理医生也不是吃素的，她的确有事瞒着。

"I don't want to talk about it now." 她答。

"Maybe tomorrow?" 他问。

桔子无力地笑了笑，明天和死亡还不知哪个先到，问这个挺没意思的，不是吗？

桔子 - 6

6

桔子进到房间，没见到老说自己睡不着的室友，倒是见到一名年轻的漂亮女孩，看起来很像泰国人。

" I'm sorry."

说完，桔子退了出去，但很快又重新进入，当看到床头柜上的褐色发圈时，她很笃定自己并没有走错房间。

" Hi, I'm Pony." 女孩说。

桔子感到奇怪，竟然有人的名字叫"小马"？

" I'm Mandarine." 桔子说。

从女孩的面部表情来看，她同样感到困惑（竟然有人的名字叫"桔子"？）。

桔子问新来的，原来的印度女人到哪里去了？

Pony回复不知道，当男护士带她进来时，里面空无一人。

讲到男护士，这个精神病院的护士男多于女，而戴着名牌的医生，目前为止只见到男的。

接着Pony问桔子要不要出去逛逛？桔子反问逛哪里？

" Of course this building." 她答。

桔子其实不想，但拗不过新室友的执着，两人一起走出房间。

这个精神病院的病房皆不能上锁（方便工作人员随时进入查看），所以只要门没关，桔子都往里瞧。这一瞧，她看到了跪地不断膜拜的人和正被护士强迫灌食的人。

这个新发现让桔子很不安，她没病，却和这些明显有病的人关在一起，岂不意味着自己也有病？

进到活动室后，有个护士走过来，问她们要不要画画？

桔子点头，于是她得到一张A$_4$纸和一盒只有6个颜色的蜡笔。

" I don't like to draw." Pony说完，走到另一张桌子玩纸牌游戏。

面对洁白的画纸，桔子一时不知该画些什么，这不是她的强项，自己平常也不画（上一次画画还是两年前，当时她参加学校的诗社，被派去画宣传海报）。

由于蜡笔的笔尖相对粗一些，不好画需要强调细节的图案，于是桔子决定画一把手枪，像电影007里出现的一样。

画完后，护士把画收走，说要留给医生做诊断。桔子顿时有"上大当"的感觉，但也没怎么放在心上，因为她料准医生无法通过一把手枪直达她的内心。

"急急如律令……急急如律令……急急如律令……"

忽然听到熟悉的乡音，桔子转过头去，发现那是一位年约五十岁的纤瘦大叔，边念边做手势，如果穿上道袍，应该很有道士的气场。

那名老乡看到桔子，很是兴奋，问她是什么时候进来的？

"昨天下午。"桔子答。

"现在是民国几年？"那人又问。

"我也不清楚是民国几年，西元几年倒是知道。"

"告诉妳，现在是民国105年。"

"你知道还问我？"

"我如果不问妳，怎么知道妳知不知道？"

桔子感觉自己好像跳入一个陷阱内，所以当Pony喊她过去玩纸牌时，她不假思索便起身，好避开那个奇怪的男人。

7

Pony问桔子有没有注意到洗澡水好像生病了？

桔子知道她为什么这么问，因为水断断续续的，怕是防止有人将自己溺死在洗澡间。

然后Pony 问她有没有溺水过？桔子答没有，不过不排除以后会有。

" You'd better not. It's a terrible process."

听她这么一说，桔子猜她曾想溺死自己，果然被她料中。原来Pony的老公有外遇，还把责任推给她，她气不过才跳河，结果被河钓的人给救上岸。

桔子问她的老公怎么说？

" He said I did this on purpose." 她答。

" Oh! I'm sorry."

结果Pony承认她的确是故意的，只是没想到河水会如此湍急，一下子就将她冲得老远，如果不是救人者的水性佳，她大概会弄假成真。

"How about you?" 话锋一转，Pony问桔子为什么自杀。

桔子答原因尚在进行中，她还没有准备好告诉任何人。

这是真的，往后几天，不论是经验分享课、牧师听忏、与医生谈话，甚至平常的闲聊，桔子不是守口如瓶就是顾左右而言他。反观Pony，她恨不得把每件事都拿出来说，包括她原来是一名性工作者，她老公是她的恩客之一，外表很斯文儒雅，跟他的教师职业匹配得上，但那人的性欲太强，花样又多，让她很吃不消。还有还有，她嫁他是为了绿卡和钱，眼看这两样都要不保，能不急吗？她希望病友们给她出出主意，总不能空手而回吧？！

没想到还真有人给她出主意，教她如何利用法律漏洞得以合法留在美国。

桔子心想如果自己是精神科医生，首先就拒收Pony，这种人像一滩清水，连坏心思都一目了然，怎么可能有心理疾病？

果不其然，两天后医院就宣布Pony可以出院。临走前，桔子问她是不是直接回家？她答当然，除了老公，目前她无人可投靠。

这个"目前"听起来寓意深远。

"Good luck!" 桔子对她说。

Pony回赠她一个飞吻，然后很潇洒地走了。

桔子 _8

8

Pony走后，一时无人搬进来，桔子突然有了孤独感。虽然每隔一段时间，护士都会进来点名（大概查看病患有没有自杀），桔子还是有天地间突然被按下暂停键的感觉。还好傍晚时分，她终于有了访客。

"本来带了坚果巧克力给妳，结果医院不让带。"罗杰颇为惋惜地说。

"没事，反正我不爱吃。"

"那妳……"

从哥哥惊讶的表情，桔子想到几年前她曾偷吃他的巧克力（那是他的女友文芳送的），两人还因此起了龃龉。

"我只是想知道牛奶巧克力里会不会有坚果。"桔子解释。

"盒子上明明标注着牛奶巧克力。"

"所以我才想知道会不会有，早知道没有，我就不需要一个个试吃了。"

罗杰说他不是介意桔子吃，而是介意她明知道里面有坚果的机率极低，却仍一意孤行，而且咬一口就扔，未免暴殄天物，那可是有"巧克力界爱马仕"之称的Pierre Marcolini呀！

桔子觉得可笑，他们兄妹俩在精神病院里争论极具烟火气息的巧克力，这不挺奇怪的？

"你怎么知道我在这里？"桔子忽然想起这个重要的问题。

"阿姨说她不做了，让我把账结一结，我才知道妳住院了。

"爸妈知道吗？"

"我没说，想悄悄把事解决了。"罗杰停顿了一下，"要我说，妳的问题就出在太较真了，把心放宽点儿，没有什么过不去的。"

桔子记得曾看过一篇报导，说的是"快乐因子"，有的人有极为活跃的快乐因子，有的人则相对缓慢。桔子认为她的快乐因子大概全原地趴下了，所以她一点儿也快乐不起来，但讲这些，旁人是不会懂的，果然……

"如果快乐不起来，就找人聊聊天或者看看书，很快就会重新快乐起来。"罗杰说。

他果然不懂她。

桔子思考了一下，决定不再挣扎，就按哥哥的思路走吧！

"好的，待会儿我就试着快乐起来。"她答。

罗杰走后，桔子回到房间，一个人默默流泪到天亮。

桔子_9

9

隔天吃完索然无味的早餐，护士照例给了桔子一粒蓝白色胶囊，像前几天一样。

"What's this?" 桔子决定问个明白。

护士答那是能让她减少忧郁的东西。

难怪最近桔子老昏昏沉沉，记忆力也大不如前，原来是这玩意儿搞的鬼。

直到亲眼目睹桔子把药服下，护士才转身。

"Excuse me." 桔子喊住她，"May I have a packet of crisps?"

护士反问："Are you still hungry?"

打从进到精神病院，桔子就没吃饱过。虽然这里供应三餐外加上午茶及下午茶，但东西很难下咽，随便找个中国人都能做出美味一百倍的食物来。

" Yes, I'm still hungry." 桔子答。

然后护士带桔子到厨房间，那里有一排上了锁的柜子。护士打开其中一个柜子，里面全是零食。

拿到想要的薯片，桔子开心地走进活动室，发现每个人都盯着她瞧。等她坐下来开吃，那种被人关注的不舒适感越来越强烈。

于是桔子问病友们想不想吃？结果他们一涌而上，薯片顷刻间化为乌有。她只好再度跟护士要，得到的答复是每人每天最多能有一包零食，再多没有。

谁能想到向来不虞匮乏的桔子，有一天也会为了一包薯片耿耿于怀？这也太……太讽刺了吧？！

离开护士站，桔子发现一个"有点儿"眼熟的年轻男孩正尾随自己。

" What?" 桔子停下脚步问。

男孩问她是不是想吃薯片？他可以分她吃。

桔子答不用了，她没那么想吃。

结果男孩当着她的面将薯片外包装撕开，然后咔呲咔呲地咬起来。老实说，那包薯片在桔子眼中瞬间被放大好几倍，她甚至愿意花千百倍的价钱买它。

" Try it." 男孩递过来一片黄澄澄的薯片，它像黄金一样灿烂。

桔子吃了一片，男孩又递过来第二片，等吃完第二片，紧接着又是第三片。

当薯片全被吃光时，桔子对男孩说——明天他可以吃她的薯片（借以回报他的慷慨）。

男孩笑了笑，回答明天他就不在了，吃不到桔子给的薯片。

桔子心想这才刚熟悉起来，怎么男孩就要出院了？ 不过出院
是好事（对某些人来说），所以桔子祝福他，还说他是幸运
男孩。

"Yes, I'm lucky." 他答。

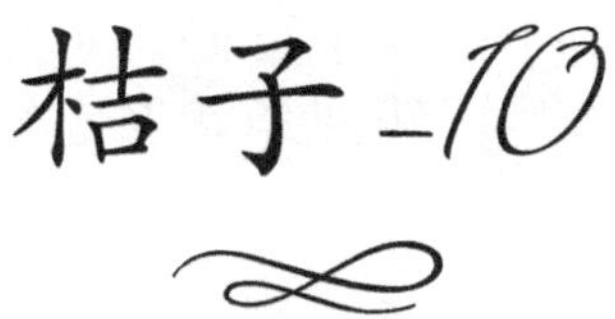

精神病院里住的想当然尔都是有精神疾病的人，桔子从没想过自杀者也会住进来，她认为这是两个不同的群体。

由于病患中有这种潜在的危险份子，桔子注意到医院至少做了两件事来预防，一是断了自杀的念头；二是尽可能地提高自杀的难度。

讲到第一项，首先便是吃药，它让钻牛角尖直接没了动力；其次是做一些活动安排，譬如牧师讲道或者让曾经康复的病人讲讲自己的心路历程，再有就是心理治疗。刚开始，桔子不明白心理治疗师和精神科医生的差别，慢慢才摸索出来（前者多选用心理疗法，后者多用药物或物理治疗）。

至于第二项，只要眼不瞎，都能看出医院所做的努力，好比所有物品都"塑料化"（包括碗、盘、刀叉、水杯等），还有，牙刷只有短柄的，鞋子不能有鞋带，毛巾用的是小方巾……这一切的一切都在防止病患自杀，加上每隔一段时间的点名，可说是做足了功夫。

所以当桔子听到昨天的薯片男孩自杀成功时，立马原地石化
。

桔子的第一个疑问是Why，第二个疑问是How。

有关为什么自杀，男孩曾在分享课里提到自己有严重的学习
压力，其他成谜。至于第二个疑问，那就详尽许多，男孩的
室友说他把身上的病号服撕成条状系在窗帘杆上，吊死的死
状还算安详。

这个打击无疑是巨大的（原来男孩说"我明天就不在了"是这
个意思），桔子再次陷入坏情绪的漩涡内，无法自拔。

桔子 _11

11

桔子本来想静静地待在房间里消化低落的情绪，结果来了一位呱噪的室友，动不动就脏话连篇。她受不了，只好躲到活动室里。

当她全神贯注地作画时，一位病友走过来，把她的蜡笔全塞进嘴里，一根不剩。

" Are you sick?" 桔子气得骂人。

她的声音招来护士，结果"偷食者"被强行拉走，那样子像是上刑场。

"他被拉去洗胃了。"像道士的怪叔叔说。

"为什么？"

"蜡笔里有铅，一根还不碍事，吃多了会中毒。"

"他为什么要吃蜡笔？"

"大概想自杀。"

桔子第一次听说吃蜡笔也能自杀，相形之下，液体毒物显得"可口且快速"多了。

没了蜡笔，桔子即使想画也画不了，加上怪叔叔一时没走开的意思，她遂无话找话，问他是怎么进来的？

"我一喝酒就会做出很冲动的事，结果被家人给送进来。"他答。

"很冲动的事？"

"嗯！拿刀砍人。"

怪叔叔答完，做出砍人的动作。

"这么说，你永远也出不去？"桔子问。

"这要看医生怎么判定，如果他认为我痊愈了，出院是分分钟的事，问题是我还没想好要不要出院。"

看桔子流露出不解的表情，怪叔叔进一步解释："一走出医院，每个人对我都有要求，但待在里面，不仅有吃有喝，做再奇怪的事也没人说什么，那么又何必出院？这没多大意义，不是吗？"

桔子以为待在精神病院里的每个病人都想出院，尤其院里的伙食这样差，作息时间还固定，像在坐监或服兵役。

"妳想出去吗？"怪叔叔问桔子。

"想。"

"这简单！当医生问妳想不想自杀？妳答不想，而且表现出积极乐观的一面，很快就能出院，因为这里的工作人员也希望病人赶紧走，好减轻工作量。"

怪叔叔不说，桔子其实也知道如何取悦医生，问题是她也没想好要不要"现在"出院，因为她能感觉到那条无形的黑狗依然死死咬住她。

"谢谢！"桔子起身，"我去做祷告，你来不来？"

怪叔叔果然答不（如同她所料），于是桔子头也不回地离开活动室。

桔子 _12

桔子不是教徒，她也不认为做祷告会有任何用处，之所以这么说是为了结束谈话，可是当她回到自己的房间时，室友又开始Fuck这个，Fuck那个，桔子决定还是到祷告室找清净。

病院里的祷告室很小，只有两排椅子。当看到前排已经坐着一个男人时，桔子选择坐在后排，由于靠得近，那男人的祷告词一字不漏地全传进她的耳朵里。

"......Amen."

听到男人喊阿门，桔子下意识也喊阿门，忘了这不是牧师在行祷告词。

那男人因此转过头来，桔子害怕极了，可是当眼神交会后，她的感觉骤然改变，换来的是小鹿乱撞。

"I......"

桔子还没表达歉意，那人便回过头去，紧接着快速离开。

"I'm sorry." 桔子对着十字架上的耶稣说，心却系在那个男人身上，整个人恍恍惚惚的。

后来桔子在医院里又碰见他几回，那个好看的男人似乎不记得她了，这让桔子很受挫（她自认自己长得不差，没有90分，起码也有80分，可是男人的无视直接宣告她不及格，还有比这个更加残酷的事吗？）。

几天后，桔子在分享课上又见到那个男人，由于他是首次参加，主持人要他做自我介绍，桔子这才知道他是一名大提琴家，来自克罗地亚，在演奏会开始前被莫名其妙地送进来。

"What did you do?" 主持人问。

他回答什么也没做。

主持人沉默一会儿后，转问其他人有没有要分享的？

桔子缓缓地举起手来，主持人露出笑容，因为桔子很少发言。

"I think I'm a coward." 桔子说。

"Why do you think so?"

"Because ......I'm a coward."

这个回答引来哄堂大笑，主持人忙打圆场，他说每个人在某个时间段、某个场合里，都有可能是懦夫。

话甫歇，大提琴家鼓掌。

"What's your name?" 主持人突然想起忘了问新成员的姓名。

"Nick. My name is Nick." 他答。

13

母亲曾对桔子说："妳得的是富贵病，生活太安逸才会无病呻吟。"

桔子不苟同，这跟安不安逸无关，反倒跟生活有没有重心有关，她的人生失重了，所以像游魂一样地飘着。如今不一样，Nick好似有某种魔力，他让她重新又站在地面上，这是个好现象，不是吗？

"Do you still feel suicidal?" 医生问桔子。

"Yes."

这是"生病"以来桔子首次不想死（至少目前是这个状态），但如果回答No，她害怕医生会让她出院，如此一来，她便再也看不到Nick了。

当桔子的室友换上一个有点儿孩子气的中年妇女时，她对Nick的偷窥和跟踪已经相当严重，他向东，她也向东；他向西，她便跟着向西。若说两人因此有了交集，好像也不是，他们不说话，连眼神交会也没有。

说白了，桔子在Nick面前就是一个胆小鬼，她不敢和他交流，能做的只有默默观察，然后将他的一举一动印在脑海里，等就寝时再一一拿出来倒带重播，给一天的结束画上一个圆满的句号。

所以当某天看不到Nick时，桔子像只无头苍蝇，终日惴惴不安。她很担心Nick病了，在他的房间外走来走去。

"May I help you?"刚从房间内走出来的护士问她。

桔子本来答No，后来更改为Yes，因为她太想知道Nick是不是在房内？他还好吗？有没有生病？

结果护士给了她一个坏消息——Nick出院了。

这下子该怎么办？

还好这个问题并没有困扰桔子很久，事情明摆着，惟有跟着出院，她才有可能再次见到他。

为了通过医生那一关，当晚桔子做了沙盘演练，直到确认万无一失为止。

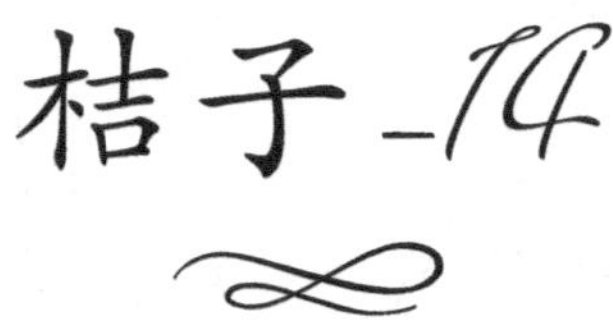

14

医生很满意桔子的改变，但没当场下决定。桔子心里着急，但也不好表现得太激进。

几天后，一纸出院通知书传来，桔子即刻打包。这里的伙食太糟糕，她恨不得马上驱车到唐人街打牙祭。

吃完北京烤鸭回到家，桔子做的第一件事便是上网寻找Nick，当发现这个男人会把演奏视频发在YouTube上时，她兴奋极了。毫无疑问，桔子立即成为Nick的忠实粉丝，不光每个视频都点赞，而且认真评论，一旦遇到黑粉，她便像母鸡护卫小鸡一样，直到对方举白旗为止。

桔子_15

15

说也奇怪，自从恋上Nick，桔子不再老想着了结性命，反而想活得久一点儿，好和Nick白头偕老（当然，这是她单方面的想法）。

桔子的父母并不清楚女儿的状况正在转好，只是忽闻她曾因自杀而住进精神病院（罗杰不小心说漏嘴），急得跳脚。在他们看来，入院记录反而比自杀行为来得严重，毕竟前者已经盖章认证，而后者只要一口咬定没有，旁人也不好说什么。

"桔子，马上回国！"她的父亲在电话中下令。

"为什么？"

"妳已经进过疯人院一次，如果二进宫，在美国华人圈里还有一席之地吗？万一传回国內，我们还能活吗？"

桔子觉得好笑，这里谁认识谁？就算认识，偶发情绪病也不是世界末日，值得如此大惊小怪？然而她的父母却不这么想，不仅耳提面命，还下了最后通牒——如果月底前不回国，她的信用卡就会被咔擦掉。

桔子没有上过一天班（她甚至没写过履历），当然不会明白"一元逼死英雄好汉"的严重性，直到信用卡真的被咔嚓掉，她才第一次有了危机感。

"我回来就是，你赶紧把我的信用卡恢复正常。"她在电话里对父亲说。

就这样，桔子又回到国内。

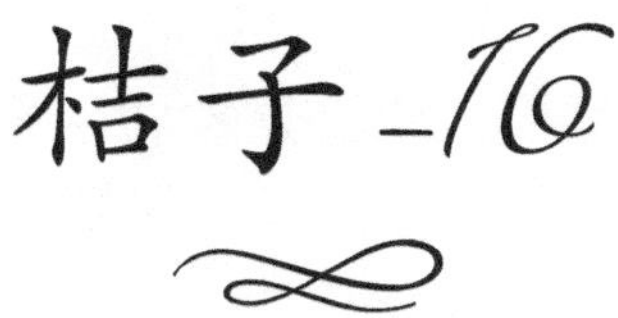

16

国內枯燥乏味的生活再次让桔子看不到未来，在此情况下，她把自己交给一个男人，让美妙的旋律带她远离世俗的束缚与喧嚣。没错，现在的桔子时不时得从Nick的音乐视频中找安慰，幻想他正与她对话，告诉她生活还有希望，而他一直在等她，未曾放弃……

某天，桔子意外得知Nick将在家乡的圣诞节音乐会上露脸，她高兴坏了，但随之而来的现实问题是她被软禁在家，连出门跑步也有佣人跟着。

思前想后，桔子决定抓伙伴以壮声势。

"爸，你去过摩纳哥的赌场吗？"难得父亲在家，她赶紧揪住他。

"去过。"

"我没去过，你带我开开眼界吧！"

桔子如此问是看准自己的父亲就是个不折不扣的大赌徒，而世界四大赌城（澳门、摩纳哥、大西洋城、拉斯维加斯）中摩纳哥的蒙特卡洛大赌场最靠近克罗地亚，所以桔子打算从它入手，只要能出国，其他再想办法解决。

父亲并没有当场表态。

几天后，桔子旧话重提，只是这次拉上哥哥罗杰，说两人想去听音乐会，地点就在克罗地亚，离摩纳哥"不远"。

"有这回事吗？"父亲问儿子。

罗杰看了一眼妹妹，无奈答是。

"既然这样，那么我们全家一起到摩纳哥度假吧！"父亲说。

这个"全家"后来少了两个人，原因是母亲突然觉得到北海道滑雪比玩老虎机有意思多了，而哥哥罗杰则有重要的事待办（不过他承诺会赶在音乐会开始前出现）。

就这样，桔子和父亲飞往摩纳哥，当晚入住巴黎大酒店，离赌场的直线距离只有30米。

桔子 _17

17

离音乐会尚有几天，桔子只能暂时在摩纳哥待着。她父亲倒好，至少还有个赌场能消磨时光，桔子不一样，她生平最讨厌醉生梦死的腐败气息，今天跟着父亲去过一次后，厌恶感更加深了（不过从腐败气息中还是让她闻到了百合的香味，不明白那样的出水芙蓉为什么会出现在赌场里？）。

傍晚，桔子拉赌红眼的父亲出去吃饭。

"等等，我就快翻盘了。"她的父亲说。

"你已经输掉一辆迈巴赫，再待下去，很快宾利也会不保。"

"呸呸呸！怎么没一句好话？"

"我这是在救你，出外沾沾喜气再杀回来，包管赢的钱能买艘航空母舰。"

她的父亲找不到话反驳，只好跟着她一起走出赌场。

蒙特卡洛大赌场的左侧是巴黎大酒店，里面有三间餐厅，其中路易十五为米其林三星餐厅；右侧则是巴黎咖啡馆，除了饮品和甜点一绝外，听说他家的法国菜和海鲜也做得好。

桔子的父亲要她从中任选一家，吃完他好回赌场把航空母舰给赢回来。

"Boring."桔子感叹一声，"我们就非得在赌场附近吃饭不可吗？"

为了让桔子不Boring，她的父亲陪她走了五条街，直到有钢琴声传来。

"就吃这一家。"桔子说。

她的父亲当然依了她，只是万万没想到钢琴演奏者跟赌场内的"百合香味"荷官会是同一人。

这个发现很出人意料，桔子立即叫了杯橙汁让服务员送过去。

东西一吃完，桔子的父亲赶回赌场，她则点了杯咖啡，边听音乐边等着。

当演奏结束时，桔子走向那个女人，说："妳终于弹完了，我们找家酒吧喝酒去！"

"对不起，我得回家了。"

"现在才十点。"

"我住在尼斯乡间，离这里起码有40公里。"

桔子说她没去过尼斯乡间，刚好开开眼界。

女人反问她是否向来都这么信任人？

"能把《克罗地亚狂想曲》弹得这么好的人，又怎么可能是坏人？"桔子答。

"我看……下回再说吧！抱歉，我得赶火车了。"

这个怀着戒心的女人叫橙橙，后来跟桔子一起到克罗地亚听音乐会。

当桔子听完音乐会回到国内，她开始闻到不寻常的味道，对象直指橙橙，她决定测试一下。

"告诉妳，Nick 将在五月份举办今年的第一场个人演奏会，地点就在克罗地亚的首都萨格勒布。"桔子对橙橙说。

"是吗？我的工作排得很满，到时可能去不了。"

然而四月底时，橙橙还是告诉桔子她也会去听音乐会。

摩纳哥没有自己的机场（供直升机起降的机场倒是有的），代表橙橙得从尼斯乘坐飞机，加上酒店钱，这一来一往，两千欧元没了。再后来，桔子得知橙橙买的竟然是第一排的位子，与自己的座位相隔不远，这加剧她的猜疑心，因为橙橙的收入不高，这样大手笔地消费又是为了什么？

"太好了，我正好有个惊喜给妳。"桔子说。

"什么惊喜？"橙橙问。

"到时候妳就知道了。"

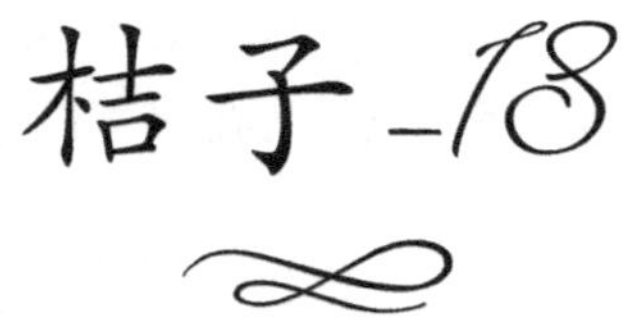

18

自从YouTube推出一项名为"超级聊天"（Super Chat）的新功
能后，桔子展开了砸钱的工作。次数一多，连Nick也注意到
了，他主动向桔子问好，这让她兴奋了好久。

话说五月份举办的个人演奏会还是Nick通过"超级聊天"主动
告诉桔子的，她当然不会错过，尤其两人还约了见面（就在
演奏会结束后），怎么看都是好的开始，可是桔子却不吝让
橙橙加入，为的就是发现"真相"。

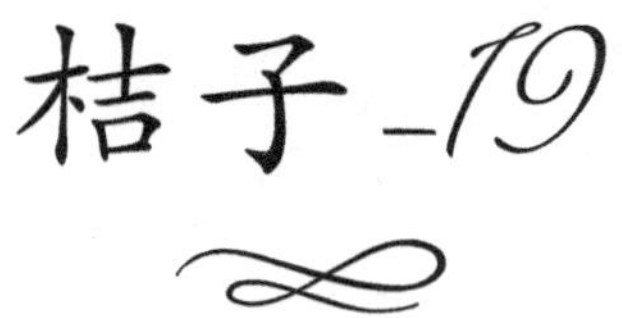

19

转眼到了Nick开演奏会的日子，桔子的哥哥再次帮忙，使得这次的行程能顺利成行。

在下榻的酒店办好入住手续后，兄妹俩上街溜达。

这个古老的南欧城市给桔子的第一印象是到处充满了文艺与生活气息，没有高楼大厦，也少有车水马龙，取而代之的是满街的咖啡馆、画廊和壁画，让人差点儿忘了它是一国之都。

参观完位于山上老城区的圣马可教堂后，桔子和哥哥走向山下新城的圣母升天大教堂。网上说这个地标式建筑好像永远在修缮，桔子以为自己的运气会好一些，没想到仍是谢绝参观，以致只能站在教堂前瞻仰它的两座哥特式尖塔和金色的圣母玛利亚纪念柱。

当时间接近下午五点时，桔子拉着哥哥往修道院的方向走去，因为她约橙橙在那里碰面，吃完晚饭再一起去听演奏会，这不挺好的？

桔子 -20

20

去年年底，橙橙穿着一件秋冬款的橙色连衣裙参加圣诞节音乐会，当时的室外温度约十几度；现在是五月天，萨格勒布已经有了夏天的样子，换言之，橙色连衣裙过于厚重，于是她改穿两截式的蓝白棉麻套装，自有一股清新的气息。

"橙橙，"桔子跑过来拥抱她，"好久不见，想死妳了。"

橙橙是内敛型，很少显露出自己的内心情感，当然更不可能说"想死妳了"之类的肉麻话，但她不介意别人说。

"嘻！我哥也想死妳了，所以巴巴地赶来。"桔子补上一句。

"别听我妹胡扯，"罗杰冲口而出，"我是被她强拉来的。"

橙橙想起桔子曾说过的惊喜，莫非指的是罗杰也会一起来？

桔子听完愣了一下，表示没想过这个，经她一提起，这的确是个惊喜啊！

他们三人后来一商议，决定晚餐吃地中海菜（所谓的地中海菜就是把环绕地中海的欧洲菜系全集合起来，特点是利用橄榄油烹煮），。

来到像极了宜家大卖场的简约餐厅后，他们点了黑松露意面、海鲜烩饭、香煎鹅肝配梨酱、吞拿鱼排、红酒炖羊肉、生鱼塔塔等，算是把法国菜、意大利菜、西班牙菜和希腊菜全一网打尽。

席间，桔子告诉橙橙她和哥哥会待在欧洲一个月，这是罗杰难得的年假，而她本人是不工作的，一年365天，天天都是假期。

"真好，不像我，后天一早就得返回尼斯。"橙橙泄气地说。

于是罗杰问她是不是在尼斯工作？橙橙答不是，然后桔子自动填补缺失的部分，包括她在蒙特卡洛大赌场工作，晚上还要到餐厅弹琴，住在乡间小屋里，把日子过得像诗一样美丽……

这听起来很讽刺，但看到那张无邪的笑脸，橙橙宁愿相信这是一位不食人间烟火的公主所做的不切实际联想。

"我爸很喜欢赌，"罗杰把赌的话题延伸下去，"不只在赌场里，生活中和工作上也是，这让他的家人过得很辛苦。"

橙橙想起自己的母亲Pauline，她也是赌徒（虽然曾经欠下赌债，但这个部分的比例不高，她更热衷赌男人，偏偏直到目前为止也没开出个同花顺）。

"也不是每个人都有那个资本去赌。话说回来，虽然我在赌场工作，但对那个玩意儿完全不感兴趣，甚至没买过一张彩票。"橙橙答。

话一说完，那对兄妹相视而笑。

"What?"橙橙问。

"来之前，我爸提醒我们买彩票，因为Euromillions的奖池已经累积了近一亿欧元。"

一亿欧元约等于八亿元人民币，这个数字对起早贪黑求温饱的人而言无异天方夜谭。

"那么祝你们早日中大奖。"橙橙说。

桔子_21

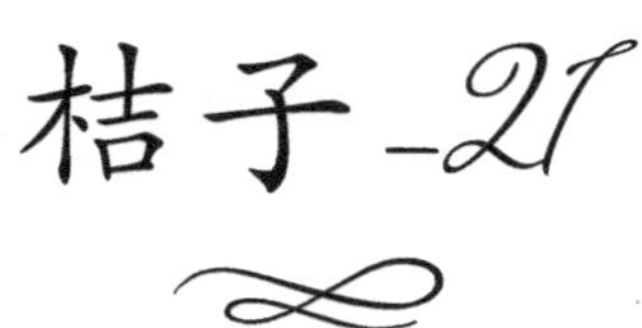

近半年没和Nick面对面，他的帅气不减，全身散发出一种微妙的气息。这种气息像金风送爽，又像丹桂飘香，更像缕缕书香………

"啊！如果我能时刻拥有该有多好。"桔子边聆听美妙的乐章边遐想，但感觉越来越不对劲，因为Nick只注视着台下的某个点。

她转头望去，没错，Nick的目光落在那个身穿蓝白棉麻套装的女人身上。霎那间，桔子的心跌落至谷底，仿佛心爱的娃娃被人抢走了似。

演奏会结束后，Nick从后台出来谢幕了三次，但观众的热情未减，他不得不坐下来拉一首短曲以谢观众，这才成功脱身。

当观众像退潮的海水一样散去时，一条蓝白色的鱼向桔子游来。

"太好了，不是吗？"橙橙对桔子说。

"是的，尤其今晚Nick直盯着妳瞧。"

任谁都听得出话里的酸味，橙橙不傻，她当然也听出来了。

"我累了，先回酒店去。"橙橙说。

"不许走，我还没给妳惊喜呢！"

"什么惊喜？"

"我和Nick约了见面，妳也一起来。"

橙橙一时目瞪口呆，这真是个大惊喜！

"妳们去吧！"罗杰忽然插嘴，"我跟Nick完全不熟。"

"不行，你和橙橙都得去。"桔子停顿了一下，"我说了你俩会去。"

这个回答怪怪的，但橙橙没多想，一门心思在即将到来的会面上。多少的夜里，Nick用琴声抚慰她，他是她的心灵鸡汤，也是诗和远方。

桔子 _22

22

见面的地点约在酒吧。

这个酒吧挺神秘的，是在一个小院的半地下室里，有一扇厚重且沧桑的雕花木门。推开后，青灰色的石墙和拱顶迎面而来，配合着昏暗的灯光和极富考究的装饰，显得既幽静又有情调，然而随之而来的人声鼎沸外加人手一烟，立刻又将人从天堂拉回人间。

他们三人坐下后不久，Nick才加入。他先为迟到致歉，接着对橙橙说："You seem different tonight."

橙橙问哪里不一样？他答没那么橙色（显然，Nick还记得去年的圣誕节音乐会上橙橙穿了一件橙色连衣裙）。

话甫歇，罗杰哈哈大笑，橙橙莞尔，桔子则显得有些不安（她身上穿着橙色马甲，是今年流行的颜色和款式）。

此时服务员走过来问他们想喝点儿什么？

身为当地人的Nick毛遂自荐代劳，在座三人均无异议。

饮品上来后，才发现他替两个女生点的是度数不高的甜酒（分别是红色的TERANINO和黄色的MEDICA。桔子拿走了红色，橙橙只能喝黄色的）。至于两个大男生，他们喝的是冰啤。

交谈过后，外表冷峻的Nick开始丰富起来。别看他在视频中时而严肃，时而深情款款，眼前的他却非常活泼幽默，话也多，妥妥的人来熟。这可不，当隔壁桌的金发女郎提起要到美国工作，他立刻举杯祝她一路顺风……

趁着气氛正好，橙橙问Nick是怎么认识桔子的？

有关这个部分，桔子一直语焉不详，也难怪橙橙会转问另一方。

当桔子想转移话题时，Nick却抢先一步回答，原来他俩是在超级聊天（Super Chat）上认识的，因为桔子疯狂砸钱。

橙橙心想：“我还以为他俩认识的时间早于去年年底的圣诞节音乐会，原来那时他们并不认识。”

桔子想的就更多了，原来Nick完全不记得精神病院的那一段。虽然那时他的精神涣散，对什么都提不起劲的样子，但好歹有过数面之缘，怎么可能一点儿印象也无？看来只有一种可能性，那就是桔子太不出色了，以致他完全想不起来。再看眼前的这场“粉丝见面会”，虽然是桔子发起的，但Nick明显对橙橙比较热情，这让桔子心碎了一地。

当橙橙喝光MEDICA后，Nick又为她叫了别的酒，同时问桔子想不想也试试？

“ No, thanks. I want to go back to the hotel.” 桔子故意说。

哪知Nick连礼貌性的挽留都没有，还是自己的哥哥伸出援手，表示要陪着一起回去。

“妳要不要也一起走？”罗杰问橙橙。

橙橙考虑了一下才点头。

这下子Nick不高兴了，他才刚为她点了酒。

橙橙解释自己害怕独自走夜路，Nick几度欲言又止（桔子好害怕他会借故留住橙橙），最后还是放手。

由于三人分住两家酒店，按照距离的远近，罗杰先送妹妹回去，再送橙橙。

到了橙橙的酒店门口时，罗杰问她明天有什么节目安排？

"没安排，大概四处逛逛。"

"明天我会到TKALCICEVA大街上觅食，如果不介意，一起吃个早餐如何？"

TKALCICEVA大街是萨格勒布的一条老街，两旁有鳞次栉比的商店和餐馆。

"我怕我会睡过头。"

"如果妳给我手机号，我负责叫妳起床。"

"没办漫游。"

"加微信也行。"

于是他们互加微信好友。

"这下子我不能睡懒觉，妳也是。"他说。

橙橙笑了笑，对他挥挥手，然后走进酒店……

桔子 - 23

23

直到15世纪中叶，"Breakfast"（早餐）一词才出现，意思是 "break a fasting period of night"（打破没有进食的夜晚）。显然，对于连续几小时没有摄入能量的身体来说，享用一顿丰富且营养的早餐有多么重要。

虽然世界各地的早餐各有不同，但欧式早餐倒挺制式的（不外面包加饮料），所以当罗杰问橙橙想吃什么时，她答随便，反正大同小异。

东西端上来后，橙橙笑了，这比她想象的要丰盛许多，不仅有形状各异的面包和几款不同的饮料，还有起司及各类烟熏肉品。

"这让我想起冻肉三明治。"橙橙说。

"那么我换成英式早餐好了。"

"别，我没那么难侍候。"

正吃着早餐，罗杰的手机响了，他快速而简短地结束谈话。

一挂上手机，他马上解释是他妹打来的。

"她……还好吧？！"橙橙问。

"不太好……很不好。"

"为什么？"

"因为……"罗杰停顿了一下，"吃完再说吧！"

"为什么？"

"怕妳听完就吃不下去了。"

由于罗杰是带笑说，橙橙不知道其中真实的成分有多少。

"你……们打算在萨格勒布待多久？"她接着问。

"我应该很快会离开，年假只有一个月，想多看看多走走。我妹就不清楚了，她有自己的计划。"

因为这个回答，橙橙把去过的欧洲景点一一告诉罗杰。

"如果妳能当我的导游就好了，我可以少走很多弯路。"

"不行，因为……"

"我知道，妳在赌场工作，还在餐厅弹琴，一个人打两份工，够辛苦的，应该有人照顾妳才是。"

罗杰不说还好，一说，橙橙的眼睛热了起来。是的，她应该被照顾，也渴望被照顾，但一直无法如愿，向来都是自己照顾自己……

"对不起，我好像说错话了。"罗杰说。

"没事，"橙橙眨一眨眼，把泪水给逼回去，"独身的好处就是没有牵挂，毕竟爱一个人很辛苦，付出一百未必有十分的回报。"

她说的是Nick，过去几个月，她全心全意地爱他，但他完全不知情（至少目前看来就是一般的朋友关系）。

也不知是哪句话触碰到罗杰的敏感神经，他显得有些局促。

"你怎么了？"橙橙问。

"妳的话让我想起我妹。"

"你妹怎么了？"

罗杰没回答，反而问她吃完了没？

"吃完了，你赶紧说。"橙橙催促着。

结果等罗杰把长故事说完，橙橙感觉自己的五脏六腑全沸腾起来。

"妳怎么了？"现在换罗杰问她。

"我想吐。"

话一落音，橙橙真的吐了，把刚下肚的早餐全吐了出来，其狼狈可见一斑。

桔子 -24

24

与橙橙吃过早餐后，罗杰回到酒店。

"我以为不过午你是不会回来的。"桔子说。

"橙橙吐了，她赶着回她的酒店换衣服，所以我回来了。"

事实上，罗杰只回答了一半，另一半则是他害怕妹妹又寻短见，赶紧回来查看。

"吐了？为什么？"桔子问。

"大概肠胃不舒服。妳呢？吃了没？"

昨晚从酒吧回来后，桔子只喝了水，但她一点儿也不想进食。

"没食欲，不想吃。"她答。

"妳不会想饿死自己吧？！那得花好几天的工夫，还是换别种死法。"

"有你这样的哥哥吗？竟然巴不得自己的妹妹快死。"

如果这个世界上有人不希望桔子死，那一定有罗杰，她是他钟爱的妹妹，所以才会不惜做出小人行径——把妹妹的隐私告诉橙橙，好让她主动退出。

"我是怕妳死在这里，我还得帮着善后，白白浪费得来不易的年假。"

桔子心想哥哥真不了解她，要死她也不会死在Nick的家乡（虽然恋情告吹，但不表示桔子想破坏自己在Nick心目中的形象）。

"放心，我一定不会死在这里，你可以遨游四海去。"桔子答。

话已经说得明明白白，但罗杰还是时刻盯着桔子，让她芒刺在背，还好两天后消息传来，桔子决定到圣托里尼岛。

"妳为什么要到那里去？"罗杰问。

"Nick飞到那里录视频，我想跟过去瞧瞧。"

"他告诉妳的？"

"不是。"桔子停顿了一下，"是橙橙告诉我的，她还说Nick后天下午会在Firostefani海滩拍摄。"

听妹妹这么一答，罗杰忽然心疼起橙橙，这是一位多么善良的姑娘呀！

"要不要我陪妳一起去？"罗杰问。

"免了吧！你守得了我一时，能守住我一辈子吗？还是好好享受你的假期吧！"

桔子说的没错，何况罗杰的心此时已经飞向一个人。

打包完毕后，罗杰走过来拥抱妹妹，要她好好照顾自己。

"哥，你这是要飞哪里？"桔子问。

“尼斯。”他答。

桔子 _25

25

圣托里尼位于希腊东南约200公里处的爱琴海上，由一群火山岛（火山喷发物堆积而成的岛屿）所组成，其中的最大岛叫圣托里尼岛。

当桔子来到圣托里尼岛上的Firostefani海滩时，果然见到Nick和他的团队，不过貌似气氛不太对，肉眼可见Nick正在发脾气，而且愈演愈烈。桔子不知该走开还是留下，正当犹豫不决时，Nick看到她了。

" Hey，why are you here? Where is Chengcheng?"

此问话坐实了Nick等的是橙橙，并且对于桔子的意外出现毫无期待。

还有什么比这个更伤人的？

桔子没回答就离开，纵使背后传来Nick的呼喊声。

桔子 _26

26

圣托里尼岛上的大部分海滩都是深色火山沙，换言之，在烈日下行走会非常炙热，同时沙进鞋里也相当恼人，像有无数个针头在刺。

好不容易离开沙滩，桔子跳上步行道往南走去。虽然心情不好，但沿途风景如画，多少赶走了坏情绪。

" Young girl, do you want a lift?" 一辆破车忽然在桔子身边减速，司机从车窗探出头来问。

桔子立马回答自己不需要搭便车。

那个男人没放弃，强调搭车不仅免费，还会付她钱。

这是什么意思？

桔子二度拒绝，然后有人从后勾住她的手臂，吓了她一跳。

" Keep going, don't say anything." Nick对她说。

于是他俩像一对连体婴似地往前走，那个神形猥琐的男人这才脚踩油门而去。

等车开远后，桔子问Nick为什么会预知她有麻烦？

Nick答Fira往南的路段很荒凉，只有初来乍到的小白兔才会独自走这条路。

看来桔子真的是后知后觉。

"Are you still angry?" Nick突然问。

桔子反问他在乎吗？Nick答当然在乎，他不喜欢看到女人生气。

这个回答让桔子好过多了，至少证明他还是在乎她的，不是吗？

所以当Nick问她是不是往回走时，桔子点头，同时挽着他的手。

Nick没有拒绝。

27

回到Firostefani海滩，那些工作人员全露出"失而复得"的喜悦神情。

桔子问Nick待会儿拉什么曲目？他答西班牙歌曲《Historia De Un Amor》。

此时的太阳正处于九点钟的位置（还未染红天际），海水不断拍打着，发出震耳欲聋的声音，桔子很担心大提琴的琴声能否压得过？

等围观的人群被工作人员"好声好气"地劝退后，穿着白衬衫和浅蓝色牛仔裤的Nick走向摆在沙滩上的高脚椅。一切就绪，一位身高起码一米八的女生举起右手比数，五、四、三、二、一……前奏响起。

桔子越听越熟悉，这不是《我的心里只有你没有他》吗？什么时候成了西班牙歌曲了？但再一想，天下歌曲翻唱的很多，已经分不清哪个才是原版。还有，桔子以为这是现场收音，原来不是，Nick不过是装模作样地摆拍，煞有介事的。

也不知录了多久（期间中断了几次又重来），当高个子女生比出Ok的手势时，他们全挤在一起看效果，包括桔子。

画面上呈现的是夕阳、海水、沙滩、帅哥、白色大提琴……还有比这个更好的意境吗？

可是Nick却不甚满意，他表示如果要录没有故事的视频，倒不如不录。

"What do you mean?"高个子女生脸色铁青地问，桔子很害怕下一秒她会河东狮吼。

Nick倒很淡定，他答此情此景应该在四周围点上火炬，再找一位拥有美丽背影的女子坐在画面的右下角，由他对着她拉琴……

这样的安排的确很有故事性，但临时上哪里找火炬和拥有美丽背影的女子？

果然戏剧性的一幕发生了，Nick说由他去找Miss Right，工作人员只要负责火炬就行。

话甫歇，Nick拉起桔子的手离开，让桔子瞠目结舌，没看过这么……这么为所欲为的人呀！

28

桔子和Nick走在大街上，路人的回头率很高。

" They're looking at you." 桔子说。

他答路人当然看他，因为羡慕他有一位风华绝代的女友。

莫非洋人都喜欢开这种"撩人"的玩笑？桔子反正挺五味杂陈的，既想当他的正牌女友，又害怕他"真的"开玩笑，撩得她七荤八素的。

后来他们行经一家卖薄饼的小摊，Nick没问过桔子同意便停下脚步要了两个，外加两杯热可可。

等他俩吃完薄饼、喝完热可可，Nick 问桔子有没有飘逸一点儿的连衣裙？粉色尤佳。

桔子是有几件粉色连衣裙，不巧这次出门没带上。

Nick随即表示要送她一件那样的裙子。

听他这么一说，桔子高兴坏了，这代表两人的关系更近一步，不是吗？

结果事情的发展并不像桔子所想的那样，她以为既然是礼物，当然挑她喜欢的，可是到了Nick这里却遇冷，他频频对桔子的选择摇头，好像忘了裙子穿在桔子身上，首先得通过她这一关才是。

"It's pretty，isn't it?" Nick说，手里拿着的是一件白底带粉红色小花的雪纺连衣裙。

桔子虽不高兴他自作主张，但承认这件衣服的确不难看，加上售货员在旁敲边鼓，她无可无不可地拿着衣服走进试衣间。

等她从里面出来，Nick立刻吹出一长声的暧昧口哨，害桔子挺不好意思的。

"You're Miss Right." 他忽然说。

"Miss Right? What do you mean?"

Nick解释不需要再寻寻觅觅了，拥有美丽背影的人正是她。

"No." 桔子拼命摇头，"It's not true."

Nick答是不是真的，看录影效果就知道。

桔子 _29_

29

桔子换上飘逸的连身裙后，化妆师帮她整理头发。

"Do I look ok?" 桔子问。

化妆师回答如果能上点儿妆就好了，可惜时间上不允许，还好只是录背影，问题不大。

桔子认为问题很大，一张风尘仆仆归来的倦怠面容如何勾引"男主角"？但化妆师说得对，她和Nick回来得晚，再不拍就过午夜了，哪有时间化妆？

Nick不一样，当桔子换衣服时，他已快速化好妆，连头发也梳了，正精神奕奕地调他的琴。

"Are you ready?" 摄影师喊，问的是桔子和Nick。

桔子答准备好了，Nick却喊停，接着向她走来。

"What?" 桔子问。

他凝视她一会儿后，将她身上衣服的领口往下拉。

" This is how it's supposed to be worn. " 他说。

桔子还在想怎么这件衣服的领口这么大？原来是为了露出肩膀。这下子裙子不仅飘逸，还带着性感，的确值500欧元。

等准备就绪，高个子女生比出Action的手势，桔子跟着前奏踏出第一步，这才发现自己忽然不会走路，像个机器人似的。

虽然工作人员给予她很大的耐心，允许她一次又一次重来，可是她总做不好。

Nick看情况不对，再一次向桔子走来。

" Let's take a walk." 他对她说。

此时的海边除了拍摄地被火炬照得通亮外，一片漆黑，实在不适合散步，但桔子如此紧张，不休息一下哪成？

等他们沿着沙滩走得足够远时，Nick忽然止步，然后含情脉脉地看着她。

" What?" 桔子问。

" You're so beautiful." 答完，他低头给她深情的一吻。

果然一切都变得不一样了。

回到拍摄地的桔子踩着优雅而自信的步伐，然后在指定的位置上坐下，让被火炬包围的Nick为她拉起爱的乐章......

录影一次Ok，而且效果非常好，比之前不带故事性的强多了。

显然高个子女生也很满意，露出今天的第一个笑容。

正当工作人员忙着做善后工作时，Nick问桔子待会儿有什么节目？

桔子答已经夜里11点多了，当然回酒店睡觉去。

"Don't you feel hungry?" 他问。

傍晚的薄饼和热可可还堵在胃里，桔子一点儿也不饿，但为了能和Nick多待一会儿，她答自己还能吃点儿。

于是他俩一起觅食去。

桔子 30

30。

时间晚了，只有酒吧还开着。

Nick除了点东西吃外，还叫了酒。当酒端上来时，他问桔子知不知道这杯看起来像橙汁的鸡尾酒为啥叫Slow Comfortable Screw Against The Wall？

从字面上看就是"靠着墙缓慢且舒服地拧进去"（翻译成中文），至于为什么会叫这个名？这得问当初取名的人，桔子哪会知道？

此时的Nick坏坏地笑，她才知道上大当了，这个名字肯定跟男女之事有关。

" You're a bad man." 桔子说。

他回答"男人不坏，女人不爱"，桔子肯定也爱坏男人。

桔子立即否认，后来想想也许他是对的，否则她怎会爱上他？

此时酒吧里有人在谈论Euromillions，听说刚开出了有史以来最大奖项，而且是从尼斯的彩票店售出。

Nick也听到了，他问桔子买彩票了没？

"No，I forgot." 她答。

Nick说他也忘了买，不过这个结果是好的，因为最大奖在尼斯开出，他不可能是得主，但橙橙就不一定了，她住在尼斯，也许现在正在开香槟庆祝……

谈到橙橙，桔子的自卑心再起，Nick肯定难以忘怀这么好的女人，所以隔了那么多天还是会想起她。

"Do you like her?" 桔子问。

"Her? Chengcheng？"

见桔子点头，Nick答他当然喜欢橙橙。

"Do you love her?" 桔子又问。

这回Nick谨慎多了，他回答不清楚。

这个答案模棱两可，却给桔子带来希望，只要Nick没爱上橙橙，她还是有希望的，不是吗？

桔子 _31_

31

Nick说接下来他会飞到摩纳哥录视频。为了"乘胜追击"，桔子立马表示自己也正好要到那里去。

两人后来上了同一架飞机，座位也紧挨着（这当然不是凑巧，而是桔子有意为之，再次验证了"有志者事竟成"那句经典老话）。

话说上机前，Nick在免税店里买了小瓶装的芝华士，桔子以为落机前不会开瓶，没成想在待机室里就被一饮而尽。

这款苏格兰威士忌的后劲很大，桔子不免有些担心，结果上机后Nick又要了红酒喝，喝完一杯又要了第二杯，这实在太危险了。

"I think you should stop drinking." 桔子说。

Nick不予理会，按铃要来第三杯。

虽然桔子已经尽到了阻止的义务，但后来回想起来，她还是太软弱了，如果当初强硬起来，就没有后面什么事。然而说这些为时已晚，因为当飞机一落地，机场警察立即上机，把还在九霄云外神游的Nick给拉到机舱外。

这名酒鬼最后被罚监禁五日，理由是威胁到航行安全。

当桔子去接Nick"出狱"时，他已经有了流浪汉的落魄相。

"堆不气。"Nick一见面就说。

"What?"桔子问。

他再度答："堆不气。"

桔子灵光乍现，他说的可是"对不起"？

"算了，下不为例哦！"桔子改用普通话说。

这次换他问："What?"

桔子笑了笑，回答："Never mind."

桔子 _32

32

蒙特卡洛大赌场建于1878年，内部的装潢非常古典瑰丽，犹如一座豪华的宫殿，让人不禁联想起衣香鬓影、贵族云集的场景。

据说Nick及其团队已经租下赌场的中庭做为今天的拍摄地。也难怪，赌场中庭雕栏玉砌，有成排的梁柱及太阳神贴面的地砖，尽显奢华。

桔子以为此情此景正好拉亨德尔的《查德神父》或巴赫的《勃兰登堡组曲》，要不，柴可夫斯基的《胡桃夹子》也行。没想到Nick选择的却是动感十足的《恰恰恰》，据说他还坚持加入养眼的伴舞群，怎么看怎么不协调。

"Don't you think that's a good idea?" Nick问。

"Not at all." 桔子答。

Nick听完哈哈大笑，让人不明所以，而更出乎意料的是他竟然想在拍摄前开小差，还拉桔子作伴。

桔子再次表示这不是个好主意，可是Nick却要她放心，耽误不了正事。

" Are you sure we can come back in time?" 桔子问。

" Certainly. Menton isn't far away."

原来他要去的是邻近的法国小镇——芒通，车程不到半小时，的确赶得回来。

桔子 _33

33

熟悉欧洲地图的人都知道摩纳哥小得可怜，四周被法国包围，仿佛夹在一个巨人的腋下，但它又离意大利很近，等于法国小镇芒通处在摩纳哥和意大利之间，成了一块夹心饼干。

久闻这块夹心饼干很可口，还是柠檬味的（该小镇盛产柠檬，每年二月还举办柠檬节），桔子老早想尝一口，既然Nick提议走一趟，她便欣然前往，然而接下来发生的事却超乎想象……

当桔子从重型机车上下来时，Nick笑不可仰。不用猜，在时速超过150公里的强风吹拂下，她肯定披头散发像个女鬼。

桔子告诉Nick，她得进洗手间（最主要是整理仪容）。

Nick答他带她来这家餐厅就是为了方便她上洗手间（也不知是真是假）。

等桔子从餐厅洗手间出来，Nick已经坐在看得见地中海的景观位上。

" I've ordered something for you." 他说。

桔子早发现Nick是一个十足的大男人主义者（或者说是控制欲极强的人），但她就是生气不起来。毫无疑问，这个女人无条件接受了他的一切，包括那些显而易见的缺点。

等餐期间，桔子问Nick为什么喜欢骑阿古斯塔？他答为了致敬他的初恋女友。

" Where is she?" 桔子问。

" She passed away."

这真令人悲伤，难怪他要"致敬"她……等等，为什么要骑重型机车去致敬一个已故的人？

Nick 答因为初恋女友就是坐他的阿古斯塔殒命的，当时两人都没戴安全帽，车速又过快，撞上公路护栏后，她被抛向天空，最后落在二十多米远的地方，脑壳破了，眼球外突，死状相当凄惨……

他越说，桔子的脊背越拔凉。方才的车速也很快，他们也没戴安全帽，莫非他想追随初恋而去？既然这样，何必带上她？

大概桔子的脸色不佳，Nick问她是否生气了？

桔子大方承认，以为他会道歉或做出合理的解释，结果他说生气时吃点儿美食，马上就不气了。

" What?" 桔子喊，难以置信到了极点。

" See. Your food is coming."

桔子一转头，前菜真的来了，是桔子汤加牛肝菌塔（她第一次见有人用桔子做汤，不过味道真不错，有股清新的口感）。

前菜吃完，服务员奉上主菜香煎鲷鱼配红菜头，甜点则是淋上焦糖的羊奶冰淇淋。

用餐完毕，Nick问桔子的心情有没有好一点儿？

其实还真被他说对了，美食的确有抚慰人心的作用。

见桔子点头，Nick说接下来他要带她看看这座漂亮的小镇。

这么有魅力的男人愿意当导游，桔子怎会拒绝？

于是她又跨上了阿古斯塔。

34

风尘仆仆归来的Nick看起来正经多了，虽然为了录《恰恰恰》，他的打扮显得流里流气，但桔子能感觉到他的态度比去芒通前积极许多。也许正如同他所言，人生需要偶尔的不按常理出牌来释放压力，太一成不变反而容易走入死胡同……

当高个子女生因拍摄完成而高兴地鼓起掌时，桔子忽然想到这是那人的第二次笑容，如果自己继续跟随他们，难保不会见到她的第3、4、5、6……N次笑容。

此时Nick表示为了庆祝拍摄顺利，他请大伙儿吃饭，吃的是普罗旺斯菜。

桔子听完有小惊喜。没多久之前，她说想试试普罗旺斯菜，这会儿Nick就安排上，那种受宠的感觉像吃了蜜糖，齁甜齁甜的。

桔子 35

35

曹雪芹用"光摇朱户金铺地，雪照琼窗玉作官"来描写富丽堂皇的宫阙楼阁，现在拿它来形容眼前的路易十五餐厅再合适不过，因为它同样具备了美轮美奂、雕梁画栋、金碧辉煌……等特点。

桔子早听说这家主打普罗旺斯菜的餐厅香飘十里，今日一尝果然不同凡响。

吃完这美妙的一餐，Nick主动送桔子回她下塌的巴黎大酒店（不过几步之遥）。

道别前，Nick问桔子她的房间窗口能否看见赌场？

桔子答没留意到，反问他要不要亲自查看？

Nick答好，于是他们一起上楼……

梧桐路上的桔子……

桔子的家住在锦绣路15号，梧桐路走到底左转便是。

"小姑娘，"一位阿婆叫住她，"妳吃不吃烧饼？"

这位阿婆在梧桐路上摆摊卖烧饼已经很久了，怕比桔子的年纪还要长。

"改天吧！今天没什么胃口。"桔子答。

"天气热，的确让人不想吃干巴巴的烧饼，妳要做的是找家冷饮店坐下来吃。"

桔子没胃口不是因为天气热，而是心里有事（显然阿婆误会了）。

"阿婆，我是桔子，从小吃您的烧饼长大，但今天真的不吃，谢谢！"

"桔子？桔子不是水果吗？妳把我搞迷糊了。"

看来阿婆真的老糊涂了，竟然连二十几年的"熟客"也没认出来。

"那……好吧！我买一个。"桔子说，心里打的主意是拿回家给哥哥吃（如果他在的话）。

阿婆把烧饼放进纸袋内，同时告诉她往前走约五十米有家冷饮店。

"谢谢！"桔子收下烧饼，"我这就过去。"

离家才一个月，梧桐路上的店面已经有了好几张新面孔，不变的是梧桐树，依旧那么茂密且精神着，随着夏天的脚步近了，滋滋滋的蝉鸣响彻云霄。

桔子边听着扰人的蝉声边往前走，按照阿婆的说法，早该发现冷饮店，可是却没有，倒是有一家奇怪的店挺吸人眼球，桔子不由自主地走过去。

"凡以神仕者，掌三辰之法，以犹鬼神示之居，在女曰巫，在男曰觋。"她一字一句地念着人字板上的说明。

念完，桔子抬起头来，发现这家店的门头招牌上写着：巫觋咖啡馆。

原来是卖咖啡的。

由于天气热（她已经汗流浃背），此时此刻的桔子根本不想喝热饮，可是两个女生的对话又把她刚迈出去的步伐给拉回来。

"好奇怪呦！"一个女学生模样的人不停地转门把，"明明挂着'营业中'的牌子，怎么打不开？"

"算了，前面不远处就有一家冷饮店，他家的冰柠茶做得好，我们改喝那个吧！"她的同伴说。

原来真的有冷饮店，阿婆没骗人。

想到大热天若能喝上一杯透心凉的冰柠茶，岂不美哉？桔子当下决定跟过去，结果方才还打不开的门此时却"扣"的一声开了。

"喂！门开了。"桔子对着远去的背影喊。

可惜那两个女生谈兴正浓，完全没意识到话是对她俩说的。

桔子忽然心疼起店家，也许刚才临时有事才锁门，现在门开了，客人却走了。

思考了一下，桔子决定代替女学生上门，就算不喝热的，那么来杯冰咖啡好了。

"欢迎光临！"一个长相有点儿面熟的男人说。

桔子径直走进去，然后在有些掉了皮的皮椅上坐下，正对着的是一个象腿造型的圆桌。

"妳看着很瘦，是不是刻意减肥的结果？"男人问。

"没有，我天生吃不胖。"

"告诉妳，我最看不惯减肥人士。"

这样的开场白让人很无语，尤其屋内和屋外一样热，桔子不免心烦气躁起来。

"热吗？我去开空调，妳等等哈！"说完，那人转身走进柜台后的房间里。

人一消失，桔子才想起来他像谁，这不是《老夫子》漫画里的大番薯吗？不仅外形像（光头、身材矮胖、额头有皱纹、衣品不佳），同时还特别不喜欢减肥人士。

"世上竟然有如此相像之人，实在太凑巧了。"桔子心想。

当屋内开始有丝丝凉意时，"大番薯"出现了。

"不热了吧？！"他把杯子递过来，桔子这才发现他的右手有六根手指头，"这杯是特别为妳调制的。"

"怎么是冰柠茶？我以为这是咖啡馆。"桔子说。

"这的确是咖啡馆，但妳想喝冰柠茶，我就做给妳喝。"

有那么几秒钟，桔子感觉迷惑，但再一想，天气热，喝冰柠茶不也正常？何况有些咖啡馆也卖茶饮。

说服完自己，桔子端起杯子一饮而尽。

"我以为妳至少会留下半杯，这茶很酸。"大番薯坐了下来，接着捡起带冰川纹的玻璃杯查看，"还好留下一口的量。"

茶是酸（因为没放糖），但对于口渴的人来说，完全可以忽略不计。

"谢谢你的冰柠茶，我们现在可以谈正事了吗？"桔子指向身后胡桃木制的盒子，"我想买盒子里的表。"

当大番薯消失时，桔子曾浏览店内商品，都是一些奇奇怪怪，甚至带着异味的东西，只有胡桃木盒子里的表看着还顺眼（事实上，它跟橙橙的腕表很相像）。

"那是非卖品。"大番薯放下玻璃杯，"妳很沮丧，把妳的故事说出来会好过一些。"

与Nick道别后，桔子一直表现得很开朗，没想到却被这个初次见面的人给拆穿了。

"我不沮丧呀！你看走眼了。"桔子刻意给了笑脸，"我是看这家店很冷清，所以想帮衬一下，既然表是非卖品，那不勉强。喏！这是100元，我走了。"

桔子还没走到门口，大番薯说："等等，还没找妳钱。"

"不用了，就当是小费。"

"不行，本店拒收小费。"

这倒稀奇，竟然有拒收小费的店？

无奈之下，桔子只好又走回来，结果大番薯却说冰柠茶20元，她要嘛给20元，要嘛说故事免单，二选一，因为他没钱找她。

这是第二件稀奇事，开门做生意的商家竟然没准备零钱？不过这事不难解决，只要跟邻近商家换钱即可，但桔子并不想这么做。

"我先搞清楚一件事，"桔子重新坐下来，"你是不是有探听别人隐私的癖好？"

"呵呵！我只是好奇而已，算不上癖好。"

"好奇？好奇什么？"

"那个大提琴手为什么要拿走别人的打赏？"

听罢，桔子寒毛直竖，这个人怎么会知道这么隐秘的事，莫非他在现场？

大番薯答他没在现场，而是桔子喝剩的冰柠茶告诉他的。

换作他人，听到这么莫名其妙的答复，早夺门而出，但桔子不一样，她想知道大番薯的葫芦里卖什么药？

"除了这个，冰柠茶还说了什么？"桔子继续问。

大番薯边转动玻璃杯边看着杯底的茶水，过了一会儿后，他答："这个男人进过精神病院，妳也是。"

桔子惊呆了，因为她很确定精神病院里没有"大番薯"这号人物。换言之，他绝对有特异功能

"告诉我，Nick为什么对我忽冷忽热？"桔子决定借机问个明白。

"原来那个男人叫Nick，"大番薯放下玻璃杯，"回答这个问题前，我想知道妳和他新近发生的事。"

桔子忽然意识到这个矮胖的男人并非每件事都知晓，他还需要外物辅助。这个发现反倒让桔子心安，毕竟太神乎其神的事只能归为神话。

"这个得从那天说起……"桔子娓娓道来。

桔子和**Nick**利用难得的小长假到阿姆斯特丹游玩，就在人来人往的达姆广场上，**Nick**随着街头艺人演奏的音乐跳起舞来。这本来没什么，但当音乐停止后，他竟然把观众的打赏

全收入囊中，理由是观众乃因他的舞姿而打赏。桔子尴尬极了，赶紧拿出几张钞票塞进演奏者的手里，然后强行拉走Nick。

如果这算是"真性情"，那么音乐厅上的一幕就绝不是"真性情"能解释得通。

事后桔子问Nick为什么要抢走乐团指挥的棒子？他答那人指挥得不好，他想让大家瞧瞧真正指挥家的样子。

以上两件事给了桔子当头"两"棒，还没等心情恢复过来，Nick竟然与酒吧内偶遇的女人眉来眼去，最后还当着桔子的面联袂走了。等了好几分钟之后，桔子才惊觉自己被放鸽子了，回去躲在被子里痛哭。Nick倒是很快归来，告诉桔子那女的有狐臭，他什么也没做（言下之意是假使没狐臭，他就做了）。

桔子生了两天闷气，发现他没事似的，心情更加郁闷。

如果这些都不算什么，那么参观完梵高博物馆的那天晚上才真的把桔子给整迷糊了。桔子问Nick为什么要坐在浴缸里哭？他答没什么，要桔子别理他，赶紧回床上睡觉去。

一个大男人哭成了泪人，这还没什么？但桔子能怎么办？Nick既没杀人，也没放火，谁规定他不能在大半夜里哭泣？

后来桔子真的没理他，只是那晚再也没合眼过。

虽然这个假期不完美，但桔子并没有抱怨，爱一个人就是要爱他的所有，不是吗？然而她还是过度乐观，桔子可以是天使，但Nick未必接受天使，就在回程路上，桔子"被分手"了。

桔子五雷轰顶，问什么叫"重回普通朋友关系"？还有，"他还没准备好当她的男友"又是个什么鬼？难道这些日子以来就只有她一个人在谈恋爱？

面对质问，Nick不给答案，反而要她冷静，这让桔子更加恼火，不仅捶打他，还抢他的方向盘（天知道她想干啥？）。

Nick见事态严重，只能路边停车。等车子一停妥，他对桔子怒吼：**"What the hell do you want me to do?"**

"I want you to love me just like I love you." 答完，桔子哭得肝肠寸断。

男人大多有怜香惜玉的本能，看桔子哭，他没了气，耐心地解释不是他不愿爱她，而是她太好了，超过他能承受的程度……

桔子不知道他从哪里学到的"分手艺术"，以致把话说得如此冠冕堂皇。在她的逻辑里，如果一个女人真那么好，不是应该上前拥抱吗？怎么反倒将她推得更远？

"Can……Can you try……try to love me?" 桔子哭得上气不接下气，连话都说不利索。

"I hope I can." 他答。

以上就是新近发生的事。

短暂沉默过后，大番薯问："因为分手，所以妳选择回国，是吗？"

"不是，回国是一早就计划好的，因为我的签证到期了。"

"妳还想挽回这段感情吗？"

"是的，我很爱他。"

"既然这样，那么我帮妳看看。"说完，大番薯低头看杯底的茶水，一会儿紧皱眉头，一会儿叹气，似乎遇到了瓶颈。

此时"嘎"的一声传来，吓了桔子一大跳，她以为柜台旁的鸟架上站着的是鸟标本。

大番薯解释那只活生生的黑渡鸦是他的助理，名字叫飒耶，不是标本。

话音一落，叫飒耶的鸟忽然张开翅膀在室内盘旋。几个来回之后，它从黑绒布上挑中一支白羽毛，把它叼到圆桌上。

"谢谢你，飒耶。"大番薯对它说。

然后鸟儿重新回到鸟架上，再次一动也不动。

接下来大番薯聚精会神地凝视着白羽毛，像要将它看穿了似。

"请问……"

"嘘～别打扰我工作。"

于是桔子闭上嘴巴。

"嗡吧匝拉……恐萨满压……西地美哉云雷依……嗡吧匝拉……恐萨满压……西地美哉云雷依……"大番薯将双手置于白羽毛上方，同时反复吟唱着，桔子这才发现他的左右手都是六根手指头。

过了好一会儿，大番薯才停止这个怪异的举动，接着以笃定的语气说："Nick有躁郁症，'狂躁'和'抑郁'会交叉出现，间歇期可长可短，容易被误会为情绪波动大。"

"原来他真的病了，"桔子喃喃道，"他……能痊愈吗？"

"很难，只能通过避免陷入负面情感的情境来降低发病风险。"

桔子问何谓"负面情感的情境"？

大番薯答这个因人为异，有患者看见阴天或落日会心情低落，又有患者光喝碳酸饮料就会很High，莫衷一是。

桔子说这可真是个大难题，如果连诱发因素都搞不清楚，如何防范？

"看样子妳还是想和一枚隐性炸弹在一起。"

"是的。"

"可是他并不想和妳在一起。"

"为什么？"

"因为我感受到他的内心只住着两个女人，一个是已死去的初恋，另一个是叶橙……"

桔子忽然制止大番薯往下说，因为她已经知道答案了。

"拿去吧！"大番薯把表递过去，"说好了给妳。"

"不了，那只表让我……让我想起一个女人。"

桔子离开后，大番薯把表放回到胡桃木制的盒子里。一转身，发现桔子把烧饼落下了。

他拿起烧饼闻了闻，最后放进口中咀嚼，饼屑掉了一地，像下了一场小雨。

第四位客人：白素贞

白素贞 _1

I

白素贞以为这家简约餐厅的价格会很亲民，结果一翻开账单，傻眼了，连最普通的辣味蕃茄酱拌土豆块也要50库纳，简直抢钱！

思来想去，白素贞要了蘑菇汤加面包（因为喝汤不需要另外叫饮料）。

服务员紧接着问她要什么主食？她回答不需要。

" Service isn't included." 服务员来上一句。

这分明是第二次抢钱，这家餐厅要装修没装修，服务员也冷若冰霜，竟然明目张胆要小费，实在无耻至极！

还好送上来的汤份量很足，面包也好吃，稍微弥补一下"看走眼"的挫败感。

" 妳是不是在尼斯工作？" 男人问。

" 不是。" 女人答。

"哥，你搞错了。"另一个女人插话，"橙橙白天在蒙特卡洛大赌场工作，晚上到餐厅弹琴，住的是尼斯的乡间小屋，把日子过得像诗一样美丽……"

听到这里，白素贞忍不住转过头去，不远处的三位客人看着都很年轻，普通话说得极好，基本可以排除是移民海外好几代的华裔之后。除了拥有相同的语言，吸引白素贞注意的还有"尼斯"二字，那是她目前的居住地。

"也不是每个人都有那个资本去赌。"和白素贞一样住在尼斯的女人说，"虽然我在赌场工作，但对那个玩意儿完全不感兴趣，甚至没买过一张彩票。"

话一答完，那对兄妹相视而笑。

"**What?**"女人问。

"来之前，我爸提醒我们买彩票，因为**Euromillions**的奖池已经累积了近一亿欧元。"

一亿欧元约等于八亿元人民币，这个数字对失业中的白素贞而言无异天方夜谭，她不敢想象有一天会和那串数字产生任何交集。

喝完汤又吃完面包，服务员送来账单，果然被加上10%的服务费。

白素贞以"既来之则安之"的心情将信用卡递出去，反正下个月才付款，那么下个月再烦恼好了。

走出餐厅，华灯初上，路上的行人行色匆匆。白素贞很快也成为其中的一员，因为她赶着去参加Nick的大提琴演奏会。

白素贞 -2

2

《白蛇传》是中国四大民间传说之一，故事描述一个修炼千年幻化成人形的白蛇精（白素贞）与书生（许仙）相遇的爱情故事。

鉴于《白蛇传》无人不知、无人不晓，这让同名同姓的白素贞苦不堪言，被唤"白娘子"或"白娘娘"还不算什么，比较头疼的是但凡有人与她走得近，女的自动获得"小青"的外号；男的则成了"许仙"。

谁也不愿意得到这样的绰号，久而久之，白素贞被孤立起来，跟《白蛇传》里的白娘子被法海压在雷峰塔下一样凄惨。

进入大学后，情况好多了，倒不是同学们变友善，而是白素贞改名为白熙珍，从此跟白娘子再无瓜葛。当她正沾沾自喜时，不幸的事情发生了，她的小腿忽然长了个小硬块，而且越来越大，医生初步判断为肿瘤，得检查过后才能知道是良性瘤还是恶性瘤。

这吓坏了原本风平浪静的白家。

还好提心吊胆多日后，医生宣布好消息，同时安排手术。

手术很成功且术后情况相当良好，貌似否极泰来，但白母认为突遭厄运是新名字所带来的晦气，如果不改，还会多灾多难，所以坚持改名。

白素贞其实挺满意她的新名字（自从看过韩剧《我是金三顺》后，白素贞就喜欢上剧中的女二，所以取了个相同的名字——熙珍），但母命难违，只好再改，只是这次母亲认为不能由着女儿的喜好来，还是请个算命师保险些，最好取个既旺家又旺财的好名字。

结果算命师掐指一算，给出"白素贞"这个百里挑一的名字。

"我不要！"她暴跳如雷，"以前受的罪还不够吗？"

"相信我，这个名字既旺妳又旺父母，好日子很快就会来到。"算命师笃定地答。

大概听到"旺父母"三个字，她的母亲坚持改回原来的名字。

她绝食了三天，家人也眼瞎了三天，最后不得不自举白旗。

就这样，"白素贞"这个名字又与她如影随形。

白素贞 3

3

按照算命师的说法，用回"白素贞"这个名字，好日子很快就会来到。

白素贞不明白"很快"是什么意思，反正六年过去了，好日子不仅没来，而且每下愈况，她不禁怀疑是否计时方式有误（好比神话故事中有言：天上一天，地上一年）。若果真如此，她不得等到花儿都谢了？

也许有人会质疑：能留学法国的人，日子会坏到哪里去？

有此疑问者恐怕不了解何谓"孤注一掷"。白素贞的父母把唯一的住房卖了才凑齐了女儿的留学费用，就等着法语专业的她有朝一日能衣锦还乡，这也是白素贞一拿到硕士文凭，转身就进华文报社的原因（她当然想回国，但必须由法国公司外派至中国，这样才算荣归故里）。

谁能想到华文报社会毫无预兆地倒闭，连最后一个月的工资也没结。

白素贞站在贴着一纸"告员工书"的大门外欲哭无泪，她才刚从合租房搬出来，正准备享受独居的乐趣，现实却给了她一记重拳，打得她眼冒金星，好半天都回不过神来。

等她万念俱灰地回到家，新购的面包机刚好送到。一看到纸箱，白素贞立即涕泗滂沱，现在有了机子却没钱买面粉，还有比这个更讽刺的吗？

待在家里自闭数日后，白素贞终于清醒过来，眼下只有两条路可走，要嘛灰头土脸地回国找工作，要嘛继续待在法国苟延残喘。

思来想去，白素贞决定维持一个美丽的假象（只要不戳破，她还会是那个留在法国的白领丽人，不是吗？）。

主意一打定，她开始上网找工作，但凡能挣钱，她都愿意尝试，结果投出去的简历皆石沉大海，只有华人贴吧上的征人广告给了回复。

老实说，白素贞没侍候过人，也不会煮月子餐，但当对方在电话中问她做不做得来时，她却给了肯定的答复。

"太好了！我急着用人，妳何时能上班？"

"马上！"

"马上？两天后公寓才会空出来。"

看样子孕妈妈正准备搬家，于是白素贞说："那就两天后，地址哪里？"

当得知工作地点在Voie Pierre Mathis附近时，白素贞松了一口气，原本还担心路途遥远，现在好了，搭公交车半小时内就能到，再美不过。

两天后，白素贞按照约定时间上门，开门的是一个看起来很不好惹的中年妇女。

"您好，我是Blanche，刘女士雇我当月嫂。"

"进来吧！"

这是个一眼就能全收入眼底的一居室，客厅很小、卧室很小、厨房很小、偏偏卫浴很大（屋內的房门皆洞开着，所以不难看出）。

"我女儿是怎么跟妳说的？"开门的女人问。

"她让我煮月子餐、打扫卫生和购物。"

"妳看着很年轻，会照顾人吗？"

这个问题把白素贞问倒了，她是家里的独生女，向来是被照顾的那一个。

"我试试吧！妳女儿应该与我年纪相当，只要谈得来，其他都能迎刃而解。"

"跟她谈得来有啥用？妳照顾的是我。"

话音一落，白素贞立刻将目光打在说话女人的肚子上。

"我流产了，流产的人也需要坐月子。"她答。

白素贞 - 4

4

白素贞以为雇用她的人刚生产完，结果全搞错了，雇主是替她的母亲雇人，而她母亲也没成功生出小东西来。

"难怪她没要求我照顾新生儿，怎么当初就没起疑呢？"白素贞心想。

这个结果说好不好，说坏不坏，白素贞不喜欢这个刀枪不入的女人，好处是做完工作就能走（老人应该和年轻人说不到一块儿去），她不用把时间浪费在闲聊上。

事实证明老女人的确不"闲聊"，她聊的都是"有凭有据"，好比月子餐不正宗、碗没洗干净、床单忘了更换、买的洗发水不是她惯用的牌子……等等。

月子餐是临时恶补的，如果不正宗，白素贞认了，但其他指控就不免"欲加之罪，何患无辞"了。拿洗碗来说，老女人不让她使用洗碗精（大概担心有化学残留物），白素贞只能用水冲，这哪能冲干净？再说床单，老女人是有两条床单可以替换，但她老爱躺床上刷手机，每当白素贞说要换床单时，老女人总要她等，这一等，白素贞就忘了，这也能怪她头上？

接着谈洗发水，老女人说自己有头皮屑，一定要买止头皮屑专用的洗发水，绿瓶的。白素贞在超市转了一圈也没找到，于是打电话问咋办？老女人答没绿瓶的，那么黄瓶也可以，结果买回来才说买错了（她的意思是没有薄荷味（绿瓶）的，那么柠檬味（黄瓶）的也行，而非任何一款黄色瓶身的洗发水）。

在白素贞看来，买错洗发水只是误会一场，发发牢骚也就过去了，没想到老女人动不动就提，好像这是一件十恶不赦之事。

虽然生活中这个、那个的龃龉不断，可是真正闹开却在另一件小事上。

"我说了，我想吃广东粥。"老女人一副山雨欲来之势。

"我煮的就是粥呀！"

"可这不是广东粥，妳瞧！米粒还颗颗分明。"

白素贞一听来气，老女人"忽然"想吃广东粥，家里又没有高压锅，换言之，想在短时间内把粥熬到浓稠，几乎是不可能的事。

"看来妳需要的是魔术师，而非我。"白素贞冷冷地说。

"什么意思？"

"意思是我不干了！"

就这样，白素贞再度"家里蹲"，离上次失业，尚不满一个月。

还好老女人的女儿明事理，非但没有苛扣工资，还给足了一个月的薪水（想必她也知道自己的母亲不好相处），这大概是不幸中的大幸吧？！

拿到 1500 欧元，白素贞首先该做的便是付房租，了不起再上餐厅打打牙祭，安慰这些天来所受的委屈，但她却没这么做，而是购买一张飞萨格勒布的往返机票。理由很简单，她是 Nick 的忠实粉丝，只有亲临演奏会现场才能抚平她内心的伤痛（这伤痛是生活给的，不全是老女人所赐予）。

当白素贞终于搭上飞机，并且望着窗外朵朵白云发愣时，她忍不住问自己："我是不是太任性了？"

白素贞 5

5

白素贞出国的原因除了镀金外，还想找个有双深邃眼眸的洋老公，可惜读研的两年里，每天都像在作战，根本没时间谈情说爱，而毕业后的第一份工作是担任华文报纸的编辑（其实就是把国内旧闻剪剪贴贴，再加上一些新近发生的欧洲新闻），接触者大多是华人；第二份工作就更别提了，老女人只会说普通话，连法语Bonjour都说得京味十足。

可想而知，白素贞想吊洋夫婿会有多困难，无怪乎她会越来越痴迷Nick。这个男人既符合她的外貌标准，还会为她拉钟爱的大提琴，同时不阻止她作梦（只要愿意，她可以天天刷视频、天天想他、天天与他在梦里幽会），还有比这个更适合的人选吗？

所以当Nick将在萨格勒布举办演奏会的消息传来，白素贞没有欢喜，只有懊恼，因为自己缺钱又缺时间，肯定错过与"老公"面对面的机会。谁能想到几天后她会炒了"老女人"，又意外拿到全额工资，让不可能成为可能。

后来男神虽见着了（她是上万名观众之一），但想象中Nick会为她怦然心动的时刻却没发生，因为后台不给进，即使她苦苦哀求也没用。

白素贞意气消沉地回到五星级酒店（怕男神送她回酒店，所以故意挑贵的订，现在想起来实在太可笑了），然后和衣躺在床上。

"我的好日子到底什么时候才会来？"她边瞪着天花板边喃喃自语。

隔天，她本来想随便吃吃再上飞机，但阳光太灿烂，让她改主意（其实主因是反正1500欧元已经花得差不多了，再多花一些也不会变得更惨，所以决定去吃顿好的）。

世界各地的早餐各有不同，但欧式早餐倒挺制式的，不外面包加饮料。白素贞决定吃这个，因为她对食物向来没有冒险精神。

东西端上来后，白素贞笑了，这比她想象的要丰盛许多，不仅有形状各异的面包和几款不同的饮料，还有起司及各类烟熏肉品。

"这让我想起冻肉三明治。"女人说。

"那么我换成英式早餐好了。"男人答。

"别，我没那么难侍候。"

听到这里，白素贞转过头去，不远处的两位客人看起来很面熟。

白素贞想了想，忽然灵光乍现，这两人不是昨天刚见过？那女的和她一样住在尼斯，男的还是同样那位，另一个女的则没出现。

· · ·

"你……们打算在萨格勒布待多久？"尼斯女人问。

"我应该很快会离开，年假只有一个月，想多看看多走走。我妹就不清楚了，她有自己的计划。"

"这样啊！那我告诉你，布拉格绝对不能错过，整座城市像个童话世界似的……海德堡也不错……希腊……阿姆斯特丹……"

"妳都去过？"

"嗯！曾经穷游过，因为大学生出游欧洲有优惠。"

"如果妳能当我的导游就好了，我可以少走很多弯路。"

"不行，因为……"

"我知道，妳在赌场工作，还在餐厅弹琴，一个人打两份工，够辛苦的，应该有人照顾妳才是。"

听到这里，白素贞的心喀噔了一下，自己竟然适逢表白现场，这女的够幸运的了。

因为别人的幸运，让白素贞想起自己的不幸。她没谈过恋爱，暗恋倒是有几例，最近的一次便是Nick，看起来也告吹了，不过这不阻碍她继续喜欢他，毕竟Nick的大提琴拉得不坏……

就这么边吃早餐边胡思乱想，当"呕"的一声传来时，白素贞刚把涂满果酱的圆面包塞进嘴里。

"妳还好吧？！"男的问。

"我把地弄脏了。"

"没事，我让服务员清理一下。"

. . .

"幸运女人"竟然吐了，莫非食物有问题？

这么一想，白素贞瞬间没了食欲，她伸手招来服务员买单。

白素贞 _6

6

萨格勒布是一个高低起伏的丘陵城市，意思是走路会很辛苦。

当白素贞沿着涂鸦墙下阶梯时，不巧遇到一个正往上爬的年轻人。他们相视一笑，然后擦肩而过。

等她来到露天市场，偏偏又和方才的男人在同一时间看上同一个竹编笔筒，那人很慷慨地把东西让给她。

中午，白素贞在一家小饭馆吃当地菜，赫然发现那个独臂男人正在对面餐厅大啖牛排，服务员还贴心地帮他把肉切成块状，方便他食用。

这相遇的机率未免过高？不行，太尴尬了，白素贞得躲起来，但躲哪里呢？

她四处张望，发现前方不远处有座两层楼的米黄色建筑物，墙体上写着：Museum of Broken Relationships.

破裂关系博物馆？这倒新鲜。

白素贞决定待会儿就躲到那里去。

破裂关系博物馆？这倒新鲜。

白素贞决定待会儿就躲到那里去。

白素贞 _7

7

读完博物馆简介后，白素贞才知道这个"关系"单指恋人间，所以翻译成"失恋博物馆"会更恰当些。

她走走看看，发现馆内的藏品颇丰，包括情书、订婚戒指、按摩油、小轮摩托车、空酒瓶……等。每件展品旁都有文字说明，这也是创始人的用意，希望通过经验分享的方式，让失恋者们释怀和疗伤，也算是别出心裁。

在众多的展品中，"斧头"给白素贞留下的印象最为深刻，因为她原以为是被分手的那一位把分手的那一位给砍了，结果没那么血腥，而是它曾经的主人在失恋之后买下它，然后把家具一一劈成碎片，越劈，她的沮丧也就越少。

还有一张爱滋病的检验报告单也挺伤感的，原主人说这是前男友逝世后留给她的，霎那间，她全明白了，包括他为什么突然不再与她做爱……

在馆内待了约莫一个小时后，白素贞决定离去，没想到此时又让她发现那个甩不掉的影子，他就站在一个装着婚纱娃娃的玻璃柜前，玻璃反射了他的倒影，她因此看到一个正在流泪的男人。

这一幕让白素贞颇感不安（仿佛偷窥到别人的隐私），于是她快步走出博物馆。

走着走着，白素贞突然决定踅回，并且站在博物馆的出口处等待"不期而遇"。

"怎么又是妳？"他问，脸上已经没有泪痕。

"哈！真巧，不是吗？"白素贞堆起笑容，"饿不饿？我们找个地方喝下午茶。"

"不饿，但我可以陪妳喝茶。"他答。

白素贞 _8

8

白素贞不丑，但离倾国倾城也还有一段不小的距离，可是一谈起她的择偶标准，那高了去，不仅外貌得好、个儿得高，还得有拿得出手的才华，所以对于今日偶遇的男人，她顶多出于同情（同情他的残疾，同情他有颗破碎的心），压根儿不作他想，何况今晚她就要搭机返回尼斯，两人不可能有续集……

"你叫什么名字？"白素贞问。

"许暹。"

"什么？"

"许暹，言午许，暹罗的暹。"他喝了一口茶水，"我知道妳在想什么，不是《白蛇传》里的许仙，妳想多了。"

许暹不知坐在他对面的正是白娘子——白素贞，如果知道了，肯定瞠目结舌。

见白素贞没接话，许遄礼尚往来，问她叫什么名字？

"我……我叫……Blanche……法语中代表白色，寓意是纯洁、浪漫、公平、正直。"

白素贞没敢回答自己的中文名，对于萍水相逢的人来说，名字只是个暂时的代号。

"Blanche？挺好听的。"男人笑了，露出洁白的牙齿。

老实说，如果他的脸上没有坑坑巴巴，还算得上型男，然而就算皮肤再好，依然掩盖不住他的左手臂只剩一半的事实。光看这一点，直接就被婚恋市场判了死刑。

"你是这里的居民吗？"白素贞问。

"不是，我和我哥约了在这里见面。"

"他是这里的居民？"

"也不是，他住在意大利的西西里岛上。"

白素贞心想住在西西里岛上的人来萨格勒布干嘛？但如果追问下去，好像也没多大意义，她对许遄不感兴趣，对许遄的哥哥就更别说了，八竿子打不着的人。

见白素贞又没接话，许遄再度礼尚往来，问她是不是这里的居民？

"不是，我住在尼斯，来萨格勒布是为了听大提琴演奏。"

"尼斯啊～"他把啊字拉长，表情同时丰富起来，"尼斯好。"

"你去过？"

"……嗯！"

白素贞不明白他为什么会慢半拍才回复，是就是，不是就不是，这很难回答吗？

"我的茶喝完了，抱歉，我得走了，因为还得赶飞机回尼斯。"

“今晚的飞机？”

“是的。”

“法航？”

“是的。”

然后白素贞再度看到许遄脸上的丰富表情，但她已无意深究，过了今天，他俩再无瓜葛，不是吗？

“那么再见了。”白素贞说。

“Au revoir.”他答。

白素贞 _9

9

Au revoir 在法语的意思是过几日也许再见，在白素贞看来这一别应该不会再见，那么使用Adieu一词会比较合适。不过看在许遭不会法语的份上，能够使用Au revoir已经相当不错，不能再强求了。

谁能想到就在飞往尼斯的机上，当白素贞走向机尾的洗手间时会再次遇见那个甩不掉的影子。

"你......"白素贞吓得睁大眼睛。

"我上厕所。"

"我是说......"

此时厕所内的人刚好出来，许遭说："妳先上，我等。"

白素贞本想拒绝，后来一想，万一他再坚持，岂不是让同样等厕所的人看笑话？于是大方接受。

等她一出来，许遭不见了。这正好，省得再寒暄。

萨格勒布飞尼斯约五个小时，飞机抵达后，白素贞特意留在座位上，等所有人都下飞机后，她才慢悠悠地离去，原因无他，她再也不想碰到许遏。

还好清晨抵达的航班并不多，她极其顺利就出关了。

上了出租车之后，白素贞终于长舒一口气："嘘～我还以为又会碰到他。"

白素贞 _10

10

回到尼斯后，经济压力排山倒海而来，白素贞只能再申请一张信用卡来解燃眉之急，没想到却收到拒绝信，她猜想是失业的缘故。以前报社给的薪水虽不多，但好歹是固定收入，现在什么都没有，银行也不傻，怎么可能给"待业中"的人发放信用卡？

"美梦"成为泡影后，白素贞急得像热锅上的蚂蚁，所以当见到洗浴中心在招技师时，也不管法语专业的学历是否对上口，她不假思索就投了简历，这次幸运之神倒是眷顾了她，给了她面试的机会。

"会按摩吗？"经理问她。

"……会。"

"有证书吗？"

"按摩还需要证书？"

经理像看怪物一样地看她，不一会儿，接着问：" 会拔罐吗？ "

" 不会。 "

" 妳知道技师是干嘛的吗？ "

白素贞语塞了，她没上过洗浴中心，对技师的工作也一知半解，但她以为有"热情"即可。

" 我可以学。 " 白素贞弱弱地答。

" 华人想在法国觅得工作很难， " 经理叹了一口气， " 虽然技师的社会地位不高，但这行內卷得很厉害，我已经收到不少的求职申请，妳是当中学历最高的，我以为会有奇迹。 "

听他这么一说，百分百是没希望了。

" 谢谢！至少你给过我机会。 "

等白素贞一起身，经理又于心不忍，像弥补什么似地告诉她：" EuroMillions的奖池已经累积了近一亿五千万欧元，今晚开奖，妳不妨试试。 "

原来已经累积到这个天文数字了。

" 谢谢！我不买彩票。 " 说完，白素贞推门而出。

白素贞 _11

11

法国人买彩票是有讲究的，13号星期五这一天便是黄道吉日，因为法国人相信平衡理论，越是不吉利的数字，往往对某些人是友好的，而他们坚信自己就是那个被大奖击中的幸运儿。

没错，今天是13号星期五，难怪奖池中的金额会疯了一样，没几天就从一亿欧元上冲到一亿五千万，谁能抗拒这种诱惑？偏偏白素贞不吃这一套，如果手中有2欧元，她宁愿买一个德国酸面包裹腹，而不是丢到奖池中打水漂。

从洗浴中心出来后，白素贞走了两个街区便来到金梅德新大道，这是尼斯最有名的商业区，有轨电车穿梭其间，大道两旁尽是银行、办公楼、餐厅、各大商场……等。

白素贞站在街头，一时不知何去何从，下午三点半，回家尚早。此时，一位中年男士走过来，很有礼貌地问白素贞是不是学生？她回答不是。

然后他又问她是不是中国人？

"Oui ."她答。

接下来的问话显得有些奇怪，譬如来法国多久了？做什么工作？会做饭吗？喜欢运动吗？爱看电影吗？

白素贞是个不喜欢将场面弄拧的人，所以勉强自己一一回答他的提问。

接着他问白素贞会不会吹？她一时迷糊，问："Qu'est-ce que vous avez dit?"

结果男人要她别装了，中国女人肯定吹得好，否则哪来那么多人口？

这下子白素贞总算听明白了，怒发冲冠地要他滚远点儿。

直到走完N个街区，白素贞才把那股气给压下去，只是眼前的一切变得相当陌生，她迷路了，不知自己身在何方。

东观西望后，白素贞决定穿过黄昏市场去找出路，结果出来时，手中多了两袋番茄（摊主想早点儿收摊，所以买一袋送一袋）。

"看来晚上可以煮肉酱意粉了。"她自嘲。

白素贞 -12

12

下了公交车，白素贞还得走一段路才能到家。此时，有个长得有点儿像撒切尔夫人（英国前女首相）的中年妇女刚从彩票店走出来，白素贞忍不住多看了她两眼。

显然，这造成了误会，她要白素贞赶紧的，还差几分钟就关门了，然后不忘转头提醒店主还有最后一位客人。

这是赶鸭子上架，白素贞不得不硬着头皮走进去。

她一进店，店家立刻问她要自选号码还是机选？

天哪！她连彩票要选几个号码都不清楚，当然只能机选。

就这样，白素贞有了生平第一张彩票，还是心不甘情不愿的情况下买的。

回到家，稍微休息一下后，白素贞开始动手准备晚餐。今天买的番茄刚好派上用场，光看外表，颗颗饱满红亮，据说还是沙瓤的，拿它做肉酱意粉一定好吃，剩下的就做糖拌番茄，一物两吃，岂不美哉？

白素贞 - 13

13

连续吃了三天的肉酱意粉和糖拌番茄之后，白素贞现在想起来就作呕。饶是如此，今天想吃也吃不起了，因为她口袋里的钱只够吃个冰淇淋。

"既然这样，那就上Fenocchio Glacier买个冰淇淋吃好了，反正情况不能再坏。"白素贞心想。

为了上街，白素贞把所有的衣服都翻找出来，最后选中乳白色褶皱背心开衫（有大大的V字领）和墨绿色短裙。

"挺好的，不是吗？"白素贞对着镜子给自己打气。

白素贞 _14_

14

Fenocchio Glacier是尼斯古城里名气最大、口味最多、口感最好的冰淇淋店，其中不乏一些名称听起来很古怪的产品，像是薰衣草、辣巧克力、仙人掌、胡椒……等。

白素贞的口袋里只有5.5欧元，这里的冰淇淋一球要价2.5欧元，两球便宜些，只要4欧元。她思忖着如果买一球，还有3欧元可以买个中东烤肉卷当晚餐；倘若买两球，那就只能吃香蕉了……

"选好了吗？"

当白素贞迟迟下不了决定时，听到乡音，立即转过头去，那人紧接着又说："别选水果口味的，再怎么也变不出花样来，倒是开心果和仙人掌口味的可以一试。"

白素贞偏不，她要了哈密瓜和樱桃口味的（本来只想要一球，怕被误会是穷人，所以一咬牙要了两球）。

许逞倒没说什么，他点的是开心果和仙人掌口味的。

"你的好吃吗？"白素贞边吃边问。

"好吃，妳想尝一口吗？"

"不想。"

"那我可以尝妳的吗？"

"不行。"

"哇！好没幽默感喔！"说完，许逼换手拿冰淇淋（从右手换到左手）。

白素贞看得目瞪口呆，连冰淇淋都忘了吃。

"妳没看过义肢吗？"他问。

"我以为至少外观上会和真正的手相似，而不是像机器人的手一样。"

"我用的是智能仿生款，可以做比较细微的动作，就是看起来比较不一般。"

白素贞同意这的确很吸人眼球，换作她，还是会选择不吸人眼球的那一款。

许逼说她误会了，他之所以选择这款是因为实用，真要搞特殊，不穿戴义肢反而更容易达到效果。

白素贞心想莫非他在萨格勒布时还没有购买义肢？亦或有，但因故没有穿戴？不管哪个，的确吸引住白素贞的目光。那种感觉很微妙，同时揉和了惊讶、悲悯和少许的厌恶（因为有了厌恶，随之而来的是内疚和自我批评）。

"谢谢你普及了有关义肢的常识，我走了。"白素贞说。

"等等，"许逼抓住她的手臂，随即又放开，"今天的新闻说Euromillions开出有史以来最大奖项，而且是从尼斯的彩票店售出。"

"是吗？够幸运的了。"

"妳买了吗？"

"......没有。"

"天哪！我还以为能跟1.65亿欧元的得主交上朋友。"

什么？！竟然已经累积到这个天文数字！

"那真遗憾，你失去跟亿万富翁交朋友的机会。"白素贞说。

"不遗憾。"

她问什么意思？许遄答他俩已经是朋友了，有没有那1.65亿欧元都改变不了这个事实。

白素贞不认为自己和他有那么亲近，充其量只能算是点头之交。

"那......好吧！再见了。"白素贞说。

"再见，Blanche。"许遄高兴地挥挥手，银色手臂在阳光下闪闪发光。

白素贞 _15

15

一下公交车，白素贞就看到那家彩票店挂上了售出最高奖的牌子。

"不会吧？！是哪个幸运儿？"她想。

回到家，白素贞把罗马凉鞋脱了，再把买来的半串香蕉放在厨房的流理台上，洗净双手后，一时不知该做些什么？

"对了，泡杯花茶吧！"她突然想起。

还好茶罐里尚有1/4的量，至少还可以喝上一个礼拜。

就在玫瑰花茶的香气中，白素贞终于调整好心态，她拿起手机打回国内（当然是利用国际电话软件，这个便宜）。铃声响了好几下，母亲才接。

"……喂！"

"我，素贞。"

"素贞呀！没事没事，妳别担心。"

"没事？"

"真没事。哎呀！是谁给妳通风报信的？我一再交待别说别说，还是说了。妳放心，钱再赚就有，也怪妳爸太贪，把存款全投进去，还好没跟亲戚朋友借钱，否则现在有的吵了。"

白素贞一听，这事肯定跟投资有关，而且看着像是损失惨重的样子。

"没事就好，如果需要钱，告诉我一声，我马上汇。"

"好的好的，别担心哈！"

挂上电话，白素贞的心一下子落入地狱，好不容易才鼓起勇气向家里要钱，结果……

哎～

白素贞 _16

16

半夜，白素贞的胃疼到不行，想必是喝了茶又吃了香蕉的缘故，她只得起床找药吃。

吃完药，也许是心理作用，她感觉好多了，可是接下来却辗转反侧，怎么也睡不着，于是又起床。东摸西摸后，她决定开启神圣的仪式——猛刷Nick的视频。

在悠扬的琴声中，白素贞不免心想:"只要Nick一天不结婚，他永远会是我的荧幕情人，这远比在现实生活中发现他的不足要好得多，不是吗?"

白素贞 _17

17

今天一早收到房东的催缴房租短信，白素贞心想在下一次催缴短信到来前，她应该会找到工作（也必须是，因为她现在已经身无分文了）。

"又"调整好心态后，白素贞决定放下身段去当洗碗工，一天30欧元，日结，无工作合同，当然也不会有保险和退休金。

她之所以如此乐观能获得工作乃因：

1、 她有法国长居签证，与一般的黑工不同，雇主不用担心受怕。

2、 日薪太低、福利全无，若不是走投无路，谁也不会屈尊。

. . . .

凭着这个优势，白素贞信心十足地走进第一家中餐馆，果然"很快"就得到工作（老板娘扔给她围裙和手套，要她即刻开工）。

一整天站下来，白素贞感觉下肢好像失去知觉了。这与她原来的想象不同，她以为洗碗工就是纯洗碗，洗完可以休息，殊不知这是挂羊头卖狗肉，除了洗碗外，她还得剥虾、切菜和偶尔接替炸物的工作，活脱脱就是个打杂的（意思是根本没有休息时间）。

当老板娘与她结算工资时，望着得来不易的30元，白素贞竟然没出息地哭了。

"明天还来不？"老板娘冷冰冰地问。

"来。"

"妳如果同意月结，薪水会高一些。"

"不，日结，我很快会找到正式的工作。"

老板娘告诉她另一名洗碗工半年前也这么说，但现在还在洗碗……

"不，日结，我很快会找到正式的工作。"白素贞重申。

于是老板娘不再揪着话题不放，转而要她路上小心，尤其身上还怀着"巨款"。

听完，白素贞不知该哭还是该笑，最后决定笑看人生，毕竟对照今早的"身无分文"，30欧元的确是巨款呀！

白素贞 _18

18

为了庆祝自己终于迈开新的一步，白素贞决定到酒吧小饮一杯。就在那个拥挤的酒吧里，她听到人们在谈论新出炉的 EuroMillions得主，如果这个人在期限内未现身，彩金将全数充公……

" Quelle est la date limite pour recevoir les prix de loterie?" 白素贞问。

其中有位男士反问她是不是得主？否则怎会对领奖期限感兴趣？

她回答不是，只是好奇而已。

于是那人告诉她按规定是60天之內，至于有没有特殊条例就不清楚了。

原来是60天，时间还算宽裕，白素贞决定回家找找。

白素贞 _19

19

白素贞翻箱倒柜地找，就是找不到那张彩票。

"天哪！我到底放哪里去了？"她对空呐喊。

一个礼拜前，如果不是"撒切尔夫人"嘴碎，白素贞肯定不会走进彩票店；如果她没走进彩票店，现在就不用找得昏头转向，归根结底还得怪那个女人多事，当时为了付2欧元，白素贞甚至把全身上下的口袋都翻了个遍……等等，口袋？

白素贞立即冲向浴室，把脏衣服一件件拎出来，终于在洗衣篮底部发现那条洗到发白的牛仔裤，接着把手伸进口袋内，果然在里面找到一张皱巴巴的小纸片。

"嘘～终于找到了！"她大松一口气，"再找不到，今晚就别想睡了。"

由于时间已经晚了，白素贞决定明天再烦恼该上哪儿查中奖号码，又因害怕再度找不着，她把彩票压在冰箱贴下，然后对着它语带威胁地说："你最好中奖，否则我就将你碎尸万段！"

隔天吃工作餐时，她问同为洗碗工的阿昌如何查找 EuroMillions 的中奖号码。

"网上就能查询。"他答。

原来这么简单！白素贞立即拿出手机，三两下就找到第1206期的中奖号码。当看到那七个"似曾相识"的数字时，她的心喀噔了一下。

"不，不可能，"她笑了，"哪会那么凑巧？不会的。"

虽然嘴巴抗拒，但心里还是抱着一丝希望，或许老天爷这次真眷顾了她也说不定。

反反复复的结果，一整天她都不在状态下，老板娘因此投来几次责怪的眼神。

白素贞吐吐舌头，心中不免埋怨："一小时3欧元，妳还想要我鞠躬尽瘁，死而后已？"

回家后，白素贞把平底鞋脱了，再把包放下，然后拿出手机直冲厨房。

她看了不下数十次，依然不肯相信。

"不，不对，肯定哪里出错了……哎呀！是不是期数不对？"她喃喃道。

然而这个假设很快被推翻，是第1206期没错。

"这么说……我中奖了……还是有史以来最大奖……"说完，白素贞瘫坐在地上，久久无法言语。

白素贞 -20

20

白素贞在床上辗转反侧一整夜，好不容易天亮前才睡着，结果又被手机铃声给吵醒。

" Allo." 她含含糊糊地说。

原来是餐厅老板娘打来的电话，问她怎么还没到？

"我病了，大概短期内不会痊愈，所以不去了。"

"找到工作就说找到工作了呗！何必咒自己？"

其实接听手机前白素贞并没有想好怎么辞职，这完全是临时起意。

"好吧！算我找到工作了。"她答。

然后"嗑"的一声，对方挂机了。

"好个没礼貌的傢伙，看我还到不到妳店里消费？！"白素贞忍不住对着手机发牢骚。

这么一折腾，白素贞彻底清醒过来，这代表她记起自己是1.65亿欧元的得主，而且急需用钱。鉴于此事的紧急状态，她决定立马去取彩金，可是上哪儿取呢？

互联网的最大优势便是只需动动手指头，什么都查得到。

"原来得飞到巴黎取，"白素贞看着手机屏幕，"这有什么问题？我即刻启程。"

结果购买机票时才发现信用卡被冻结了，而自己的银行卡里只剩零头，现金就更没有（运气好的话，也许能在屋内的某个角落发现一、两个铜板）。

这可怎么办？白素贞在尼斯没有可以借钱的朋友（就算有，那也不是她的作风）。

思来想去，她竟然有了"大胆"的想法。

白素贞 -21

21

面对归来的洗碗工，老板娘倒没骂骂咧咧，而是告诉她今日迟到了，工资肯定得扣。

"没问题，妳扣吧！"白素贞豪气地说。

"妳……还好吧？！"老板娘露出怀疑的表情，"可别揾工不顺就想不开，我这里是营业场所，不能出事的。"

白素贞好不容易才抑制住想笑的冲动，再三保证绝不给老板娘带来麻烦，后者才放心让她进后厨。

白素贞 -22

22

尼斯飞巴黎的机票不贵，单程只要80欧元，加上打出租车的费用，估计200欧元封顶了。

白素贞的计划是每天存下10欧元，这样二十天后她就能在花都一掷千金了。

可惜人算不如天算，五天后她来大姨妈，为了买卫生巾，那几天根本没存下钱，硬生生把"一掷千金"的日期往后挪。好不容易大姨妈走了，她又牙疼，忍了几天，直到左脸颊肿得像发好的馒头，这才请假去看牙医。

治疗结束后，出纳员递来账单，白素贞瞬间有昏死过去的感觉。

大概看患者的脸色不对，出纳员好意提醒她可以分期付款。

这无异是场及时雨。

"Fantastique." 白素贞忍不住喊，结果刚上好药的牙又疼了。

白素贞 _23

23

也不知是不是上帝有意开玩笑，每当白素贞快存够200欧元时，总有一些小事故发生，瞬间又让她一贫如洗。

眼看再过两天就届满60天，她害怕再不取，彩金恐怕得充公，所以不管有没有存够200欧元，她执意上飞机。

当飞机成功抵达戴高乐机场后，白素贞舍弃出租车，改搭法航巴士线。没办法，身上只有十几欧元，若搭出租车，大概车子还没到达大巴黎就会被赶下车。

下了巴士后，靠着地图导航，白素贞很容易就找到彩票中心，并且很快被请去喝咖啡。

在会客室里，公司经理首先恭喜她，接着让她明白一些需知，包括1.65亿欧元不需要纳税，得主可以一次性领取，或者只领取部分，剩下的由理财公司为她投资，每月可领取不菲的报酬。

白素贞回答她想一次性领取。

那人听到答案，提醒她以往有中奖人因不知如何有效理财，以致从巨富又回到原点，甚至欠下债务。

白素贞仍坚持一次性领取，他便不再啰嗦，着手开始办理相关手续，包括将彩金汇入指定银行內。

一个多小时后，经理终于表示大功告成。

白素贞笑了，钱入口袋就是这么舒爽！

经理问她接下来有何计划？白素贞开玩笑地答待会儿就去取款，然后把钱铺在香榭丽舍大道上……

谁知经理马上泼来冷水——这种大额汇款不会马上到账，通常需要多日。

这大概是本年度听到的最恐怖消息。

白素贞如丧考妣地走出彩票中心，口袋里只剩几欧元，她又拉不下脸跟方才的经理借钱，眼看今晚就要露宿街头，这如何是好？

她浑浑噩噩地在街上晃荡，也不知走了多久，当她觉得又饥又渴时，一声" Blanche ~ "传来。

白素贞转过头去，顿时看到了曙光。

白素贞 -24

24

许邋就站在快餐车旁，他的银色手臂在空中挥了挥。

"你怎么在这里？"白素贞走过去问，心里是开心的。

"我在等我的皮塔饼。"

真是牛头不对马嘴，白素贞问的是他怎么会出现在巴黎街头？

"好吃吗？"白素贞顺着他的思路问。

"太好吃了！柔软的面团中塞满了炸茄子、紫甘蓝、鹰嘴豆泥球和调味料，我已经连续吃三天了，一点儿也不觉得腻。"

这个回答提供了一个信息，那就是许邋至少待在巴黎三天了。

当那个中东摊主把做好的饼递过来时，许邋转头问白素贞："妳吃吗？"

"不了，碳水化合物吃多了容易胖。"

白素贞其实已经饥肠辘辘，但瞄到快餐车上的价目表后，只能忍痛拒绝。

"妳不觉得为了好看，自己已经失去太多？"许逼边吃边问。

"的确啊！可是如果不自虐的话，我怎么找老公？"她哀叹一声，"我已经是'剩斗士'了，再单下去，很快就会成为'必剩客'，最后成为'剩者为王'。"

许逼哈哈大笑，说他第一次遇到这么好玩的大龄女青年。

"你呢？什么级别？"白素贞问。

"我跟妳不一样，早已儿女成群。"

这挺出乎意料，白素贞以为失去左手臂的残疾人很难找到结婚对象。

当她正想揶揄两句时，许逼快速将手中的食物塞进嘴里，然后走向一个迎面而来的男人……

那个男人和许逼有几分相像，只是体重起码有300斤，同时脸上带着杀气，让人不寒而栗。

白素贞以为相会的两人至少会寒暄几句，结果没有，他们匆匆"擦肩而过"。

望着远去的背影，白素贞问："那人是谁？"

"我哥。"

"住在西西里岛的那一个？"

"嗯！"

白素贞紧接着问怎么兄弟俩见面不说话？许逼回复他哥工作时向来不说话。

"工作？"

"嗯！我负责把他要的东西带给他，这也是我的收入来源。"

他不说，白素贞根本没留意方才那惊鸿一瞥，两人已经完成交接。

"你的收入好吗？"她问。

"挺好的，餐餐吃皮塔饼也没问题。"

听他这么一答，白素贞认为开玩笑的成分居多，所以礼尚往来（用玩笑话包装自己的真实想法），说："好歹你还有皮塔饼可吃，我已经饿一天了。"

许遄没听懂白素贞的"以退为进"，责备她光为了瘦，不懂得爱惜自己。

见情势对自己有利，白素贞乘胜追击，表示不是自己不爱惜自己，而是钱包丢了，现在身无分文，连晚上的落脚地都没着落。

"需要多少？"许遄直问。

鉴于他俩"有点儿熟又不太熟"的关系，白素贞不敢多要，可是万一要少了，错过这次，恐怕难有下一次，这可怎么办？

由于迟迟没回复，许遄误会她不好意思开口，于是拿出钱包，把里面的纸钞全给了她。

"妳好运气，稍早前我刚取钱。"他说。

"太多了，"白素贞抽出一半递回去，"不需要这么多。"

"拿着！晚上住好点儿的酒店，别为了省钱住在龙蛇混杂的区域，否则有妳哭了。"

许遄不知道自己资助的是身家 1.65 亿欧元的大富婆，这"雪中送炭"的情谊尤为可贵。

"谢谢！过几天我一定加倍……不，十倍还你。"

"免了。如果真要还，那就捐给国际SOS儿童村吧！"

接着，许逼郑重介绍这个国际性的民间慈善团体。简言之，其任务是收养孤儿，并以家庭形式进行管理（由一位无亲生子女的单身女性担任"妈妈"的角色，让孤儿重新获得母爱和家庭的温暖），目前在全球SOS儿童村中生活和学习的孤儿已达六十多万人。

"莫非你所谓的'儿女成群'指的是这个？"白素贞问。

"当然。"他苦笑，"谁会嫁给像我这样的残疾人？"

白素贞顿时五味杂陈，她讨厌自我贬低的人，但又不得不承认他的确有先天上的劣势，而明知自己条件不佳还想着帮助别人，这种情操又挺难能可贵的……

"妳怎么了？表情怪怪的喔！"许逼问。

"哪有？"白素贞瞬间回到现实，"我答应你会捐款给这个慈善团体，但欠你的钱也会十倍还你。"

许逼觉得眼前的这个女人有点儿奇怪，身上没半毛钱，口气却很大，仿佛钱在她眼里根本无足挂齿，要多少有多少似的。

"随便妳。"他答。

"那么给我你的银行卡信息，过几天我一定汇过去。"

许逼答干嘛那么麻烦？一通电话，他马上出现。

"不，不见面，因……因为……我不见得在此地久留。"

话都说到这个份上，再怎么反应迟钝，许逼也明白这个女子并不想和自己亲近，于是给了她银行卡信息。

"记住哈！如果超过一个月没汇，得加上利息。"许逼开玩笑地说。

没料到白素贞却当真了，她一脸严肃地答："不需要这么久，倘若真的超过一个月，我也会以十倍的利息赔给你。"

开玩笑最怕上纲上线的人，许逼也是。

" Au revoir." 他说，意思是过几日也许再见。

结果白素贞却回复Adieu，意思是这一别应该不会再见了。

白素贞 _25

25

由于不知彩金何时才会到账，白素贞决定先回尼斯。就在排队等待值机时，白素贞听到后面的乘客谈起1.65亿欧元的EuroMillions得主终于出现了，虽然采匿名的方式领取彩金，也没露脸，但卖出彩票的店主却斩钉截铁地说是被一位亚裔女子给买走的，因为只买一注的人并不多，所以印象深刻，加上这个女人是最后一名顾客，刚好与得奖彩票售出的时间吻合，肯定是她了……

乘客谈得兴起，白素贞却已悄悄退出排队的队伍。

"这下子回不去了，除非我想成为被绑架的对象。"她心想。

被迫留在巴黎，第一件得解决的便是经济问题。老实说，吃喝事小（一块面包一瓶水也能裹腹），但住的问题却很大，因为在寸土寸金的巴黎，即使是经济型酒店，等闲也要80欧元上下（也就是说如果连续不吃不喝地住上十天，她手里的钱刚好用完）。

可想而知，在这段等待的日子里，白素贞过得有多糟心。每天天一亮，她就步行到距离酒店约两百米处的提款机查看；中午吃过饭再查一次；最后趁着傍晚天未黑时又查一次，天天如此。

还好在预计退房（口袋里的钱已不足以支付房费）的那日清晨，当白素贞顶着黑眼圈去酒店附近的提款机查看时，屏幕上跳出好多个零。

白素贞用力眨了眨眼，再定神一看，没错，钱终于汇到。

"Formidable." 她大喊，快乐得像一只飞出牢笼里的鸟儿。

白素贞 -26

26

飞机抵达尼斯后，白素贞没停留，紧接着坐出租车至摩纳哥的大都会酒店，一晚的海景豪华套房要价1200欧元。

白素贞之所以逃到物价昂贵的国家"避难"，绝不是一时兴起或冲动下所做的决定，相反的，这是她深思熟虑的结果——虽然和真正的巨富比，她像一株小草一样卑微，但和大部分的平民百姓比，白素贞的财富多到能让人起歹念，那么如何保护好自己的生命和财产安全，第一个想到的便是摩纳哥，一个每60人就有一名警察及到处都是摄像头的国家。

白素贞 -27

27

白素贞坐在阳台上边呡鸡尾酒边欣赏海天一色，直到感觉无聊了才拿起手机拨打。

接听电话的房东一听说她不租了，而且很好意思地没做善后工作就拍拍屁股走人，气不打一处来。

白素贞早有准备，请她发怒前先检查一下自己的银行账户。当得知"前房客"给她多汇了两个月的房租且不准备要回押金，同时屋内遗留的东西（只要她想要）也全归她时，"前房东"瞬间平静下来，并且很诚心地祝福白素贞在摩纳哥生活愉快。

第二通她打回国内，本想让父母分享喜悦，但最后还是没说，因为怕"炫富"会给自己带来无穷无尽的麻烦（譬如两个老人开始干涉她如何用钱等等）。当然，奉养父母的责任她没忘，只是时候未到。

第三通她其实挺想打给许遄，当时没互留联系方式真是失策，因为她不小心把他的银行卡信息给删了，这可怎么办？

没能如期还钱给"恩人"让白素贞如鲠在喉，但答应过的捐款却没食言。从某方面来说，白素贞现在也算是"儿女成群"了。

白素贞 -28

28

摩纳哥是购物天堂，对富豪们尤为友好，因为种类繁多且免关税……呃！这么说好像也不尽然，富豪们买东西向来不看价格，所以有没有关税，影响不大。

不管如何，白素贞挺高兴能"捡便宜"，即使奢侈品对她来说非必要（买它无非买个经验，她想知道使用奢侈品会不会对她个人造成影响，譬如更有魅力）。

摩纳哥能购物的地方相当多，但首站她还是选择大都会购物中心，原因在于离她住的酒店最近，还不到一百米。

没想到白素贞揣着"巨款"上门，却被柜姐冷眼相待，大概她身上还有残留的穷酸味吧！

" Pardon.Je veux acheter ca." 白素贞指着橱窗模特儿身上的杏色连衣裙说。

面无表情的柜姐这下子总算有了表情，她问她难道不试穿？白素贞答不需要，包起来。

拎着古驰的购物袋，白素贞接着来到Prada买鞋和包，果然得到比较好的待遇。

想起自己还需要一些贴身衣物，经过La Perla时，她不忘进去采购。老实说，白素贞挺不明白为什么那么少的布料会定价这么高，毕竟除了亲密爱人和自己外，不会有任何人知道外衣底下穿了什么。

买完近期需要的东西后，白素贞打道回府，就在酒店大堂的镜子前，她发现该打理一下自己的乱发。

"明天吧！顺便买买化妆品，我那套应急用的化妆品早该淘汰了。"她心想。

白素贞 _29_

29

白素贞问酒店包月打不打折扣？前台问过经理后表示无法给折扣，但能提供每日一人份的自助早餐。

这个offer 显然不给力，因为连续自费吃了三天的自助早餐后，白素贞已经有点儿反胃了。

眼下她有两个选择，一是换酒店（顺便尝尝别家的早餐），二是买房。由于欧洲银行大多采取存款零利息的政策，所以她把钱转存入英国，年利息约有0.4%，也就是说在不支取本金的情况下，每个月能拿到约五万欧元的利息，用它来支付昂贵的五星级酒店绰绰有余，问题是白素贞总不能餐餐都外食且所有的衣服都送洗吧？！再说，酒店偶尔住住还挺轻松愉快，长期就少了家的感觉，而她是一个非常恋家的人。

就这样，买房一事正式被提上日程。她打算买一栋面海的独立屋，天天听着海涛做梦……

白素贞 30

30

白素贞在电话中告诉房产中介她的需求，不知何故，连续被挂断，直到一个带着奇怪口音的人接听，她才知道自己有多么"不知天高地厚"。

原来除了王室家族外，没有任何人可以在弹丸之地的摩纳哥拥有独立屋，因为买下一块地皮已经从钱的"小"问题上升到影响整个国土面积的"大"问题上，难怪中介会挂她电话，因为除了恶作剧外，没别的解释了。

" Desole. Je ne le sais pas." 她为自己的孟浪致歉。

" Ca ne fait rien." 中介答，接着表示手中恰好有一套刚开售的公寓，问她愿不愿意看看？

白素贞正闲着无聊，立马答应下来。

来接她的是一位阿拉伯裔小哥（电话中倒没听出来），别看他的衣着很传统，开的却是最拉风的跑车，白素贞不免怀疑是不是公司车。

在车上，中介问她的购房预算是多少？

白素贞早有准备，丢给他一句"无预算"，他立马闭嘴。

这位小哥带看的是一栋摩天大楼，内设图书馆、电影院、媒体工作室、卫生中心、游艺厅以及多个游泳池，尽显奢华。欲出售的公寓位于中间楼层，实际面积达到220平方米，有个大阳台，能将地中海的美景一览无余。

大致看完，又问了几个基本问题后，这位穿白袍的小哥立即拿出一份基本资料要她填写（大概害怕买家私下跟屋主或别的中介完成交易）。

当白素贞填写到预算时，发现起始点定在五百万欧元，也就是三千五百多万元人民币，于是随口一问所在位置的房价。中介的答案让白素贞倒吸一口气，原来买下这个公寓后，她的彩金将去掉1/4。

白素贞佯装镇定，要他带看下一家。结果看的是两层复式，比第一家大上三倍不止，还包括一个布满镜子的私人舞厅和超大观景平台（平台上种着一棵约五米高的树，是真树，非装饰品）。

这下子她连价格都不想问，直接飘过。

回到酒店，白素贞忽然发现眼前这个每晚要价1200欧元的60平米房间真是良心价，值得跪下来磕头谢恩。

白素贞 31

31

中奖后的日子里，白素贞怎么舒服怎么来，每天都睡到自然醒，然后到外面溜达，吃吃美食再买些华而不实的东西哄自己开心。当然，她没打算就这么醉生梦死下去，但在想好该怎么花这笔老天爷赏赐的巨额钱财前，她允许自己过上纸醉金迷的生活。

这一天，当白素贞正大啖利穆赞小牛肉时，餐厅内走进来两个人，她立即煞白了脸。

那两人也看到她了，彼此交谈一会儿后，很"体贴"地坐在离白素贞最远的位子上。

这下子白素贞食不知味了。

思前想后，她决定用另外一种方式来挽回局面。

没多久，许遑走过来，问她介不介意他坐下？

"请坐。"她答。

许逼坐下后，问她为什么要送上葡萄酒？

"这样你才会主动走过来和我讲话。"她停顿了一下，"听着，我不是故意不还你钱，而是你的银行卡信息不小心被删除掉。这样吧！你现在给，我立马汇过去。"

"妳误会了，我从来没怀疑过妳会故意不还钱，相反的，我挺担心妳出事了。既然妳人好好的，貌似过得还不错，我也就放心了。"

在白素贞的一再坚持下，许逼还是给了银行卡信息。

一番操作后，她说："好了，已经汇过去了，应该过几天就会收到。现在你记一下我的手机号，如果还是没收到，通知我一声。"

就这样，他俩互留了手机号。

办完正事，白素贞和许逼忽然无话可说。过了一会儿后，许逼表示他还是回位把白素贞送的葡萄酒喝完，否则就浪费了。

"也是。"白素贞附合着，"对了，这次你哥倒与你说话了。"

"当然，现在是他的休假日嘛！"

"待会儿你们上哪儿玩？"

"今天刚到，累得很，先回大都会酒店补个眠再说。"

白素贞的心喀噔了一下，怎么凑巧住到同一家酒店？

"那么祝你们有个快乐的假期。"她说。

"借妳吉言哈！"他答。

白素贞 _32

32

本来白素贞就有换酒店的想法，后来因为懒，加上已经习惯酒店的一切，所以也就没更换。今天忽闻许遒和他哥住进来了，择日不如撞日，就今天吧！

当她来到酒店大堂准备办理退房时，不巧与刚回酒店的许氏兄弟撞个正着。

"我……我帮我老板办理退房。"她解释（还好酒店前台听不懂普通话，所以不会拆穿她的谎言）。

"忘了问，妳做的什么工作？"

"我……秘书，大老板的秘书。"

"听起来很牛的样子。"

看许遒谈兴正浓，白素贞赶紧把他哥拿来当借口，说："你哥看起来很累的样子，还是回房间休息吧！"

话都说到这个份上，许逼也只好道别。

两兄弟一走开，白素贞不禁感叹这个许逼好像永远甩不掉似的，话又多，反观他哥却太寡言，简直当她是空气。

白素贞 -33

33

白素贞搬到摩纳哥王宫附近的酒店，每天都能从窗口看到卫队进行交接仪式。

就在看了不下十多次交接仪式后，许遄打来电话，问白素贞是不是汇错款了？

"没有汇错，我答应还你十倍，包括延付的利息。"

"我当妳开玩笑……不行，我不能收这个钱，没道理。"

"如果真不收，那就捐给国际SOS儿童村吧！"

白素贞话一说完，对方沉默了。

"你还在吗？"她问。

"在。"他又沉默了一会儿，"今天天气好，我刚看完摩纳哥王宫的卫队交接仪式。"

"我也看了。"

"妳……妳在哪里？"

白素贞这才意识到他误会了，赶紧解释自己并不在现场，而是从住的地方望出去，刚好能看见王宫卫队的交接仪式。

"妳参观过摩纳哥王宫了吧？"他问。

虽然白素贞已经在摩纳哥待了近一个月，却一直没参观过这个地标式建筑，这很像家门口就有个网红地，所以不着急打卡（反正来日方长）。

"还没呢！"她答。

"要不要一起来？"

白素贞本想拒绝，但一听到门外传来吸尘器被启动的声音，知道酒店人员即将展开清洁工作，她忽然不想待在房内。

"好，你等我半小时。"她说。

白素贞 _34

34

摩纳哥王宫被喻为这个国家的守护神，主要分为两个部分，一是王室的私人住所和办公场所，另一个则是博物馆。

博物馆对外开放，一走入，仿佛瞬间贯穿了好几个世纪。瞧！十六世纪意大利风格的长廊和壁画、路易十五式的金灿灿客厅、金蓝相间的蓝厅、彩色细木镶嵌的马萨兰客厅、装有文艺復兴时期大壁炉的王位厅、十七世纪的巴拉丁小教堂、白石修建的圣马力塔、卡拉尔大理石建造的双螺旋楼梯和大殿……

一饱眼福的还不止此，王宫外的广场陈列着路易十四时期铸造的炮台，从广场的东北侧望去，还可以看到蒙特卡洛港，视线最远甚至能达到意大利的泊蒂凯拉角。

"啧啧啧！民脂民膏啊！"许逼说。

"我以为这时候应该赞叹王宫的富丽堂皇才是。"

"妳真这么想？"

经他这么一问，白素贞赫然发现自己的心态发生了变化，以前她挺能和劳苦大众产生共情。

见白素贞语塞，许邈见风转舵，说："这王宫好，一看就知道没有偷工减料。"

"贫嘴！"她推他一把，笑得像个疯子。

等她笑完，许邈问："想不想看格蕾丝王妃的玫瑰园？"

白素贞答："想，现在就去！"

格蕾丝王妃的玫瑰园离王宫有一段距离，种植了三千多种玫瑰，是世界上品种最丰富的玫瑰园。

"玫瑰为什么象征爱情？"当他俩漫步园中时，许邈问。

白素贞纠正只有红玫瑰象征爱情，这要从希腊神话讲起。话说爱神阿佛洛狄特为了寻找爱人阿多尼斯，奔跑在白玫瑰花丛中，花刺刺破了她的手也刺破了她的腿，鲜血滴在白色的花瓣上，从此红玫瑰便成了爱情的象征。

听完解说，许邈奔跑起来。

"喂！干嘛呢？"她喊。

"我在寻找我的爱人。"

跑了一圈后，他停在她面前。他们两人有短暂的沉默，彼此都能听到对方急促的呼吸声。

"找到了吗？"她问。

"不知道，等妳告诉我。"

"什么意思？"

"我喜欢妳，妳呢？喜不喜欢我？"他反问。

梧桐路上的白素贞……

梧桐路上的梧桐树身影早已深深刻画在白素贞的脑海里，她记得春天时从枯枝上冒出的新芽，也记得夏天时从树上传来的蝉鸣，更不会忘了秋天时的落叶飘零和冬天时那无可避免的萧条景象……

每当白素贞说起家住梧桐路时，听者无不露出倾羡的眼神。也难怪，梧桐路上有多栋老洋房，个个身价不菲，可惜它们都与白家扯不上关系。

话说这次回国，白素贞是带着目的，那就是让一辈子为她操劳的父母能从简陋的"出租房"搬出来，住进同一条路上的深宅大院，让多年的"误会"成为事实（她忘不了父母为了凑齐她的留学费用，卖了唯一住房，再跟买家签下租房合同的惨状）。

"素贞，怎么刚回来又要出去，不休息一下吗？"母亲对她说。

"我跟朋友约了见面。"

"朋友？什么样的朋友？"母亲的眼睛亮了，"如果谈得差不多，不妨带回家给我和妳爸看看。"

白素贞觉得好笑，硕士两年，工作一年，待业（或打零工）半年的时间里无消无息，反倒回国第二天就有"朋友"了？这思路也太不可思议了！

"不是妳想的那样啦！"白素贞立刻否认，"我的老板想投资中国房地产，他让我先过来瞧瞧，如果合适就买下，所以我约了中介看房。"

"看哪里的房？"

"梧桐路上的老洋房。"

母亲惊叹一声，提醒她那些房子起码一亿元起步。

"放心，我老板有钱得很！"

白素贞的计划是以"老板"的名义买房，再借口需要人照看房产，如此骗父母搬进去居住，又因得月月发"工资"，实现给父母"零花钱"的目的。

"要不要我跟去，可以顺便帮妳砍砍价？"母亲不放心地一问。

白素贞不得不阻止，万一中介说漏嘴，她的完美计划就泡汤了。

"妈，花的是老板的钱，妳心疼什么？"

她母亲想想也对，叮咛她晚上回家吃红烧肉，然后放她出门。

想到肥肉相间、浓油赤酱的红烧肉，白素贞边口水四溢边祈祷："希望今日看房顺利，我也好及时赶回家吃饭。"

然而怕什么来什么，白素贞站在梧桐路122号门外等了约有十多分钟，愣是没中介的身影。

"喂！人呢？"白素贞没好气地打电话质问。

"姐，抱歉，钥匙在屋主那里，他坚持要跟潜在买家见面，马上就到了。"

姐？白素贞心想搞不好对方的年纪比自己还大，好意思称"姐"？不过话说回来，年轻女子买得起亿元房产吗？那么对方如此认定也可理解。

"你确定马上？"她问。

"呃……也许半小时，也许一小时，反正已经在路上了。"

白素贞最讨厌没有守时观念的人，立刻取消看房。

"姐，别这样，这个月我没有带看记录，倘若今日再没有，我怕老板会裁了我。妳行行好，救人一命，胜造七级浮屠。"

白素贞被最后一句给整得哭笑不得，这不是道德绑架吗？

中介立即道歉，说自己不会说话，该罚！这样好了，他立刻过来陪她一起等。

想到要与一个初次见面的人尬聊，那场面多别扭呀！白素贞立马拒绝。

"要不，妳找家咖啡馆坐坐，等屋主一到，我即刻打电话通知妳。"他说。

看来也只能这样了。

挂断电话，白素贞左看右瞧，发现不远处就有家咖啡馆，于是走了过去。

"欢迎光临！"

白素贞寻声望过去，发现店内只有一张桌子两把椅子，说话女孩就坐在其中一把椅子上（意思是除非与女孩拼桌，否则无位可坐）。

当白素贞想离去时，小女孩站起来，做了个"请坐"的动作。

"不，不用，妳坐，我……"

白素贞话还没说完，小女孩一溜烟跑向柜台后的房间内。

"奇怪！怎么像是落荒而逃的样子？"白素贞心想。

其实进来前她也曾犹豫过，因为这家店不仅店名奇怪，从店外还看不见店内，有点儿阴森森的感觉。兴许越神秘越让人感到好奇，想一探究竟的欲望也就越加强烈，结果一进来才发现不过尔尔，除了东西杂、小女孩打扮得像是《爱丽丝梦游仙境》里的爱丽丝外，没什么特别的。

白素贞坐了一会儿后，决定看看店内的商品。

"啧啧啧！怎么都是一些奇奇怪怪的东西？"白素贞边摇头边打开右手边的木盒子，"也只有这表看起来还算正常。"

她把橙色表带的表取出，戴在自己的左手腕上，贝母做的表盘在灯光下熠熠生辉。

"那只表跟妳很相配。"小女孩边说边把马克杯放在圆桌上。

"我也这么认为。"白素贞又看了一眼手腕上的表，"多少钱？"

"送妳，不收钱。"

"那可不成，"白素贞望向柜台，"这里有大人在吗？"

小女孩笑了，说她正是老板娘，做得了主。

"妳是？"白素贞也笑了，"不可能，小孩怎么可能是老板娘？"

"妳说得对，我这就去叫我妈。"

现在店内又只剩下白素贞一人。

她左等右等，所谓的老板娘还是没现身，而桌上的热可可不断传来阵阵的浓烈香气，她忍不住拿起杯子一饮而尽。

"我以为妳至少会留下半杯，这热可可挺甜的。"一个女人突然坐了下来，捡起马克杯查看，"还好留下1/10的量。"

热可可是甜，但对于禁不住诱惑的人来说，完全可以忽略不计。

"很抱歉，我把妳女儿的饮料给喝了，多少钱妳说，我买单。"

"热可可是特别为妳做的，不要钱。"

白素贞感到迷惑，开门做生意却不收费，这做的可是赔本买卖？还有，方才小女孩的穿着已经很不寻常，没想到她母亲更甚，直接把英国维多利亚时期的蓬蓬裙穿上身，不知道的人还以为她即将参加化妆舞会呢！

"看来妳并不欣赏我们母女俩的穿着。"老板娘说。

"也……也不是啦！等等，妳……妳怎么知道？"

"看妳的微表情就知道了。"

白素贞没想到自己会这么藏不住心里事，看来以后得做好表情控制。

"对了，我挺喜欢木盒里的表，多少钱？"白素贞问。

"这里的东西都是非卖品，除非以物易物。"

这下子白素贞恍然大悟，老板娘口中的"非卖品"、"以物易物"不过是个幌子，这家店赚的是差价，只要提供的物品贵过想换的，目的就达到了。

"行。"白素贞起身，把手指上的戒指取下放进木盒里，再把表戴在手腕上，"我拿走了，Bye！"

"干嘛急着走？屋主人还在赶来的路上。"

白素贞听完惊呆了，她……她怎么会知道？难道又是自己的微表情泄的秘？

"那倒不是，而是妳喝过的热可可告诉我的。"老板娘再一次回答白素贞的内心提问。

这是什么神仙操作？

白素贞赶紧坐下，问："热可可还说了什么？"

"我看看哈！"她真的又注视杯底的深褐色液体，"我看到好多好多的钱。"

白素贞的心喀噔了一下，不会吧？！连这个也知道？

"还有呢？"她继续问。

"我还看到一个戴银手套的男人。"

银手套？原来这个女老板也不是料事精准，不过这个新发现倒是好的，毕竟太神乎其神的事反而容易让人感觉不真实。

"那个男人现在在干嘛？"白素贞又问。

"不清楚，"老板娘边转动杯子边注视杯底，"目前看不出来。"

此时，鸟架上的黑鸟突然发出"嘎"的一声，吓了白素贞一大跳，她以为那是个鸟标本。老板娘解释这只活生生的黑渡鸦是她的助理，名字叫飒耶，不是标本。

话一落音，叫飒耶的鸟忽然张开翅膀在室内盘旋。几个来回之后，它从杂物堆里挑中一根木炭，把它叼到圆桌上。

"谢谢你，飒耶。"老板娘对它说。

然后鸟儿飞回到鸟架上，再次一动也不动。

接下来老板娘聚精会神地凝视着木炭，像要将它看穿了似。

"请问……"

"嘘～别打扰我工作。"

于是白素贞闭上嘴巴。

"嗡吧匝拉……恐萨满压……西地美哉云雷依……嗡吧匝拉……恐萨满压……西地美哉云雷依……"老板娘将双手置于木炭上方，同时反复吟唱着，十根手指上的十只戒指看起来亮晃晃的。

过了好一会儿，老板娘才停止这个怪异的举动，然后以笃定的语气说："那个男人正站在王宫外东张西望，他以为妳可以从窗口看到他。"

听完，白素贞红了眼眶。回国前，她曾游历欧洲近一个月，莫非他就那么痴痴地等？这个大傻瓜！

"妳喜欢他吗？"老板娘问。

白素贞摇头。

"妳不喜欢他吗？"老板娘又问。

白素贞还是摇头。

"看来问题很复杂。"老板娘总结。

其实问题说复杂很复杂，说不复杂也不复杂，无非白素贞越来越喜欢许遄，但他不符合她的择偶标准（尤其还有一只断臂）。另外，突来的富贵也是一道难关，她不知该不该向他坦白。

"所以妳打算把他晾在摩纳哥，让他天天看卫队进行交接仪式？"

"我没让他去，是他自己去的。"

"那好，就让他自生自灭吧！"

白素贞问什么意思？老板娘答不需要知道，反正她的心已不在那个人身上。

"话不能这么说，即使没走到一起，但朋友一场，我也不愿有不好的事情发生在他身上。"

"既然这样，那我实话实说了——妳的这位朋友不久之后将有血光之灾，不管妳有没有介入，这都免不了。"

"什么？！"白素贞扬起声，"快告诉我究竟是怎么回事？"

"抱歉！天机只能泄露到这里。"

此时，白素贞的手机铃声响起，她接听了。

"姐，我们到了。"

"对不起，我不看了。"

"不看了？为什么？"

"临时有事要办，我得马上飞摩纳哥一趟。"

"那……那妳回来还看吗？"

"到时候再说吧！"

挂上手机，白素贞还未开口，老板娘便对她说："再见，路上小心点。"

人走后，老板娘起身走向靠墙的置物架，把上面的东西都摆放整齐，再拿出鸡毛掸子除尘。做完这些动作，她重新回到柜台。

第五位客人：许舟

许舟 -1

I

许舟和弟弟许遄一进到餐厅就看到那个女人。

"见到熟人了。"他弟弟说。

"打招呼吗？"

"不了，吃完再说。"

结果正吃着前菜，服务员捧来一支 09 年的拉菲干红葡萄酒，说是坐在窗边的女士送的。

"我去打声招呼哈！"许遄起身，"不然不好意思。"

许舟边喝葡萄酒边打量那个正在和弟弟说话的女人，虽然不是第一眼美女，但很耐看，应该是许遄会喜欢的类型。

讲起自己的弟弟，许舟有说不出的愧疚感，若不是因为兄弟情，他也不会失去半条手臂，这还得从五年前谈起……

. . .

"小许，能帮我去取样东西吗？"许舟问。

"老许一声令下，小许岂敢不从？"

谁也没料到那个包裹会忽然炸开，还因此炸飞了许遏的半只手臂。

事后许舟花高价买来先进的智能义肢，但仍改变不了弟弟已成为残疾人的事实。

"小许，是我害了你，我……"

"哥，我一直想要有个像威震天一样的手臂，"许遏动一动自己的新手臂，"你看像不像？"

说到哥哥许舟，他现在是黑手党里面的合伙人（Associate），这是非意裔人员能爬到的天花板（事实上再高没有，再低也无，所有非意裔皆归为此），还好黑帮家族里面尚有个层级比较高的人能与他对接（许舟的角色更接近跑腿和杀手），不致于机密全无。当然，为了博取信任，许舟偶尔也会做些伤天害理的事，但不管扮演的是正派人物还是反派人物，弟弟许遏都起到关键性作用，毕竟没有人会比亲兄弟来得更加牢靠。

许舟一直没问弟弟是否清楚自己的工作性质，估计是知道的，否则怎会次次"无声"配合？正常人早提问了。

这次两兄弟的摩纳哥之行，表面上是休假，实际上许舟带着任务，一是给"Don"（黑手党对头儿的称呼）找个金屋好藏娇；二是暗杀美国人Josh，他私吞了Don的一笔巨款，辗转逃到摩纳哥，以为神不知鬼不觉，殊不知根本没逃出Don的手掌心。

许舟 -2

2

吃完不好不坏的一餐，许氏兄弟回下塌酒店，结果在酒店大堂又遇到方才在餐厅里遇到的女人。

"我……我帮我老板办理退房。"她解释。

"忘了问，妳做的什么工作？"许暹问。

"我……秘书，大老板的秘书。"

"听起来很牛的样子。"

那女人看了一眼站在一旁的许舟，说："你哥看起来很累的样子，还是回房间休息吧！"

以许舟多年的识人眼光，这个女人属于"想的多又优柔寡断"的族群，自己的弟弟若想攻克，还有一大段路要走。

回到房间，许舟问弟弟："你是不是想追她？"

"她？噢！你指Blanche。没有的事，我怎么配得上人家？"

听弟弟这么一答，许舟感到难过极了，若不是失去手臂，许遥怎会联想到配不配的问题？

"只要你一句话，老许帮你搞定她。"许舟对弟弟说。

"别给我惹麻烦哈！我已经经历过一次，不想再经历第二次。"

许遥说的是他的前任女友他嫁，结果许舟派人将她劫走一事。

后来许遥亲自护送"新娘子"回去，然后目睹曾经的恋人与别人手挽手共赴婚姻殿堂，那滋味宛如刀割……

"对不起，那次我错判了。不过你放心，这次我一定摸清对方的心意再行动。"

"不了，你还是把心力放在李雯身上吧！"

讲到李雯，许舟的心仿佛被拧了一下，那种微微的疼痛像蚂蚁在咬，久久不散……

许舟 3

3

许舟是意大利裔华人，他的身材原本犹如海军陆战队一样结实挺拔，但上级领导一声令下，许舟一天改吃五餐，餐餐都是高热量食物，加上四体不勤，很快便成了大胖子。

没有人告诉他为什么会被选中当卧底（还是以一个胖子的形象），不过他本人倒是归纳出两点：

1、 他有"不怒自威"的气质，即使什么话都不说，那股杀气也会让人不寒而栗，符合当"黑帮份子"的外在形象。

2、 据说人们对胖子的戒备心最弱。

针对第一点，这其实是个误会，许舟也许看起来像个"狠角色"，其实内心比谁都柔软，但上级领导不在乎这个，绩效和升迁才是最重要的。

许舟_4

4

"我出门了。"许舟对弟弟说。

"不吃晚饭？"

"你吃，别管我。"

换作别人，可能会打破砂锅问到底，但许遁没有。

走出大都会酒店，许舟立马钻进不到两百米远的赌场（这也是一开始就安排好的，Josh喜欢赌，许舟就天天到赌场守株待兔，不信等不到他）。

果然两天后，许舟就发现美国佬的踪迹。这傢伙虽然换了发型，戴了眼镜，还留了个八字胡，依然没逃过许舟的火眼金睛。

"这次看你往哪里逃？！"许舟喃喃道。

许舟 5

5

摩纳哥到处都是摄像头，为了找寻适合下手的场所和时机，许舟想破了头。此时，中介打来电话说手上正好有两套房出售，现在就能看。

许舟心想反正还没想到完美的杀人计划，看看房子也好，于是答应下来。

来接他的中介开着一辆亮瞎眼的跑车，语速很快，带看的第一套房在市区，有无敌海景和良好的公共设施，只是面积不大，装修偏简约（带着一股浓浓的宜家风格），要价一千五百万欧元。

"开什么玩笑？简直抢钱！"许舟嘀咕着。

第二套在山上，面积相比前一套要大多了，但位置有点儿偏，房龄也超过20年，家具看着很有些年份。

中介后来表示这是一位老婆婆的遗产，她的家人想尽快脱手，所以价格好商量。

如果房是买给自己住的，许舟肯定不会买他人的"遗产"，但Don就说不定了，那样有胆识的人又怎会在乎房子有没有死过人？

几天后，许舟又陆续看了几套，全都是天价房。他把拍下的视频一一发出去，最后山上的那一个被挑中。

当中介听到许舟代报的价格（一千两百五十万欧元）时亦喜亦忧，喜的是这是个诚意买家，否则不会报价；忧的是杀价杀得太狠了，他都不好意思回复卖家。

许舟要他不妨试试，不试怎么知道不行？

中介长叹一口气，仿佛面临一个大难题。

许舟 - 6

6

中介打来电话，说卖家还价一千三百万欧元，因为屋內的大提琴出自意大利乐器工匠葛弗瑞勒之手，已有三百多年的历史；钢琴是布罗德伍德家族制的，跟英国皇家御用钢琴同款；沙发是Roche Bobois；床是Poliform；厨具是……

许舟问莫非房价包含这些？

中介回答是的，同时表示如果买家不想要，卖家负责搬走，但一千三百万欧元是一口价，不能再少。

根据许舟的了解，意大利人非常忌讳13这个数字，日常生活中能避则避，他们的酒店房间甚至没有13号，大楼没有13楼……等等（这和中国人忌讳4是一样的道理），所以许舟不认为Don会接受这个带13的还价。

果然Don通过第三人要他还价一千两百八十万欧元，再多没有，但卖家却死守一千三百万这个底价（据中介说老婆婆的法国家人认为世间的福祸乃一半一半，一旦象征祸的13出现，剩下的就只有福了，也就是说这是个吉利数字）。

买卖至此成了胶着状态，许舟以为交易肯定糊了，结果几天后传来好消息——卖家同意了。

许舟一时迷糊，老婆婆的家人不是态度强硬吗？怎么说变就变？

在许舟的一再追问下，中介松口了，原来他撒了个白色谎言，谎称只要卖家愿意接受买家的出价，买家愿意私下再多付13欧元，也算是给个好彩头（当然，这13欧元是从中介的荷包里掏出来的）。

与64万欧元的佣金比，13欧元算得了什么？许舟不禁佩服中介的机智，花点儿小钱就把买卖双方都摆平了。

房子的事解决后，许舟开始烦恼杀人的事，哪知不过几天的工夫，赌场便没了美国佬的身影。

许舟赶紧到他租下的公寓外蹲守，依然无果，这下糟了！

暗杀行动失败，代表有个严厉的惩罚正等着他，许舟不禁胆战心惊。

没等他向自己的"上级领导"请示，黑帮"指挥官"要他马上飞到拉文纳执行任务（可见Josh还是没逃过黑帮的手掌心）。

讲到这里就不得不介绍一下黑手党的内部层级：

1、老板（**Don**）：黑手党的头儿。

2、顾问：最接近老板的亲信，负责出谋划策兼调解家族的内部纠纷。

3、二老板：通常由老板的亲戚担任，若老板入狱或就医，他就替补上，成为临时代理人。

4、执法者：对违反黑帮规定或没达成任务者给予处罚。

4、指挥官：对士兵下达命令。

5、士兵：具体行动的执行者。

6、合伙人：所有非意裔成员皆归为此。

由此可见黑手党的层级划分明确且层层隔离，那么"指挥官"对身为"合伙人"的许舟下达命令也就不难理解。

针对新任务，许舟立即回复"D'accordo"，然后转身着手打包。

"哥，你去哪儿？"许暹问

"拉文纳。"

"那我呢？"

"你自己看着办。"许舟停下打包的动作，"你和那女的有戏吗？"

许暹答尚不明朗，还在等回复。

"那要等到什么时候？打个电话给她，问她要个痛快话。"

"她的手机关机了。"

听到这个，许舟心如明镜，但还是为自己的弟弟打气："加油！我等你的好消息。"

7

许舟先从尼斯飞威尼斯，再打车至拉文纳，出租车司机说大概一个半小时就能到，于是他边看窗外风景边天马行空地遐想，思绪最后飞向三年前，当时他还是一名精壮的菜鸟警察，而李雯是国内来的留学生，他俩的第一次见面就在拉文纳的圣维塔教堂门口……

"@#%¥*$，capisci?"一位意语还不太流利且鼻尖上有颗痣的女生拦下许舟说。

其实前面她说的什么，许舟不是很清楚，但后面的"capisci?"（听懂了吗？）倒是听懂了。

"我不懂妳在说什么，能再说一遍吗？"许舟答。

"原来你会说普通话。"她明显松了一口气，"我的意思是教堂正在维修，不能进入。"

许舟问维修什么？她答墙面和地面的马赛克需要定期修复，否则会脱落或失去光泽。

"哎！我怎么这么背？千里迢迢来到这里却见不着。"许舟忍不住抱怨。

女生说没那么糟糕，拉文纳有8处世界遗产，错过这个还有其他7处可看。喏！前方那栋低矮的十字型红砖建筑就是加拉普拉西迪亚陵墓，当身临其境时，仿佛进入到浩瀚宇宙的深处，又像漫步于璀璨的星河之中……

"原来妳是导游。"许舟说。

"不，我是学生，主修文物修复。"她答。

等许舟参观完拉文纳的其他7处世界遗产后，不由自主地又来到圣维塔教堂，此时门口站着的是一个戴眼镜的洋妹，做的同样是阻止游客进入的工作。

他在教堂附近徘徊了一会儿，还是没见到昨日的那位女生，不免有些惆怅。

"我以为回西西里岛前还能再见面，这样我就能跟她要手机号。"他心想。

许舟很喜欢东方女孩，她们含蓄而不随便，尤其一双丹凤眼很迷人，像来自一个神秘的国度。

昨天遇到的女生就拥有以上特质，当然，他还不知道她随不随便，但看起来的确很含蓄，同时还具备如假包换的丹凤眼，相当吻合他的女友标准。

由于没见到东方女神，许舟打算先吃饭去，等吃完饭再回到这里，如果还是不见伊人倩影，他会问问她的"同学"，只是"完美"的借口目前尚未找到，这个比较麻烦，因为他不想让人误以为自己是个登徒子。

谁也没料到他会在餐厅里遇到想找的人。

"我以为你已经离开了。"女生说。

"还剩最后一处世界遗产未见，就这么离开未免可惜。"他答
。

那女生欲言又止，最后还是把话吞下。

"不介意我跟妳一起坐吧？！"许舟问。

"不介意，请坐。"

此时，服务员走过来问许舟吃什么？他一时拿不定主意，于是女生告诉他这家店的招牌菜是洋葱炒猪肝、意面和鹰嘴豆炖肉丸。

许舟按女生说的点，待服务员走后，他问："怎么妳不点招牌菜？"

从女生尴尬的表情，他意识到自己说错话了，学生哪有什么钱？当然点便宜的吃啰！

"我叫许舟，是刚入职的菜鸟警察，如果不是处于度假中，我也不会放纵口欲去点这么昂贵的一餐。"他赶紧亡羊补牢。

"原来你是警察，难怪看起来很凶的样子。"

"我也有温柔的时候，只是妳没看到而已。"

不知怎的，话题一下子冷下来。许舟不知道哪里说错了，心里很着急，还好女生开口了。

"你是不是很想看圣维塔教堂的内部？"她问。

"当然，警察休一次长假也不容易。"

"那么你下午五点半过来，我让你瞧一瞧。"

"没问题吗？"

"今天我负责关门，只要你答应不碰任何东西，应该没什么问题。"

许舟很好奇为什么她会为他大开方便之门？女生答因为他是人民警察，理应获得礼遇。

他后来按时赴约，一走进圣维塔教堂便被华丽的光泽所惊艳，那些金碧辉煌，宛如宝石的马赛克镶满了墙壁和廊柱，脚底下则是浅色的马赛克几何图形地板。放眼望去，仿佛置身于一场豪华的艺术盛宴。

"这些镶嵌画的主要内容是《圣经旧约全书》的场景。瞧！这是亚伯拉罕准备献祭以撒……那是亚伯和麦基洗德……往上看是四位天使围绕上帝的羔羊……拱门上是耶稣和十二门徒……"

经女生这么一解说，仿佛天书被破解了，许舟顿时豁然开朗。

"妳应该去当导游。"许舟有感而发。

"文物修复专业得读五年，本硕连读，我花费五年的时间不是为了当导游。"

"五年？好久啊！"

"还好啦！反正已经是最后一年，等毕业后就有进账了。"

许舟问难道她目前做的没收入？她答当然没有，在校实习生能接触文物已经很不错了，哪敢奢求其他？

"难怪她只敢点汤喝，吃这么点儿哪够？"许舟心想。

后来女生主动和许舟交换联系方式，还说有个警察朋友，心里踏实多了。

许舟求之不得，同时没忘了问她的名字。

"听说警察查人很容易，我倒想知道你多快能查到我的名字。"她调皮一答。

许舟三两下就查到她的基本信息：李雯，家里的独生女，五年多前来意大利留学，学校成绩中上，是中国学生会的干部，无犯罪记录……

"你好厉害呦！只用了半天的时间。"李雯在电话中称赞。

其实前后只花了十几分钟而已，但许舟不想更正，还因怕她误会自己知道的太多，刻意隐瞒了很多细节。

接下来的半年里，他俩的感情日益增长，跟热恋中的男女无异，直到上级领导要许舟增肥当黑帮卧底，两人的关系才嘎然而止。

"李雯肯定恨死我了。"他心想。

李雯的确恨他，许舟的离开很突然，连"分手宣言"都没说。

为了能"死得明白些"，李雯甚至到他工作的警局找人。当得知"查无此人"后，她哭得撕心裂肺，原来过去半年她和一个骗子谈恋爱，世间还有比这个更惨的事吗？

李雯后来花了两年多的时间才慢慢走出阴霾。

以许舟的职务之便，很容易就能查出昔日爱人住在哪里？做什么工作？但他一次都没找过她。除了害怕自己相思决堤外，他痴肥的身躯也是一道过不去的坎。

没错，许舟想等到退出卧底工作的那一天再以硬朗挺拔的身姿重新出现在李雯面前，然而这样的梦想能实现吗？

许舟_8

8

到了下塌酒店，椅子还没坐热，"指挥官"就给许舟发来地址。他上网一查，乖乖，竟然就在圣维塔教堂附近。

许舟思忖着明日就去踩点，与此同时，他不免怀疑为什么"执法者"到现在还没对他动手？按理说他错过了第一次的暗杀行动会被黑手党的"执法者"给予处罚。

左思右想，他忽然灵光一闪，他不是刚帮Don买下房产？也许"执法者"认为他有功在身，可以给予二次机会。

这的确很符合黑帮的作风——有恩必还，有仇必报。

许舟很快便接受这个推论（天哪！过去几个小时他一直惶惶不安，到了草木皆兵的程度）。

9

美国佬Josh这次戴上卷曲假发，看起来有点儿不伦不类。

许舟跟踪他一起来到超市，不出意外的话，离开超市后的Josh会到街口的烘焙店买甜点，也许是CHOC-A-LOT，也可能是Cannelés，或者两者皆有之。换句话说，许舟对这个人已经观察良久，是时候动手了。

此时的许舟边嚼口香糖边哼歌，一转身，身后那位穿黄夹克的男人立即蹲下身系鞋带，纵使他的鞋带看起来没有任何不妥。

这些日子以来，许舟老能见到这个男人，早已见怪不怪。

Josh买完甜点，脚步轻快地步上回家之路。就在转角处，许舟一个箭步上去，朝他的大腿给上一针，Josh随即倒下。

许舟头也不回地继续往前走，像无事发生似的。

完成任务后，他给"指挥官"发暗语，翻译成中文就是"买完羊肉了，正打算回家。"。

结果"指挥官"要他回家前先到公园看看小白花。

公园代表摩纳哥，小白花则是Don的最新情妇。

"Insulti！"许舟咒骂着，"这女人又搞什么鬼？"

10

许舟是黑手党里的合伙人，这个非意裔的角色在组织中不怎么受待见，然而近期他却被委以重任，既代买豪宅，又负责杀了Don的眼中钉，代表组织正在测试他的忠诚度和能力，这让许舟相当苦恼。经手大笔资金不是事儿（他不会笨到中饱私囊），但杀人怎么办？他可是正儿八经的警察，不是杀手。

结果上级领导要他别担心，只要羊儿安静下来，剩下的就交给老鹰。

看来那个穿黄夹克的人正是老鹰，不知他要如何处置昏迷中的人并且让他合法死去？不过这已不是许舟该操心的，他现在的问题是飞到摩纳哥去解决小白花的疑难杂症，根据过往经验，这个脾气捉摸不定的女人绝不会让他好过。

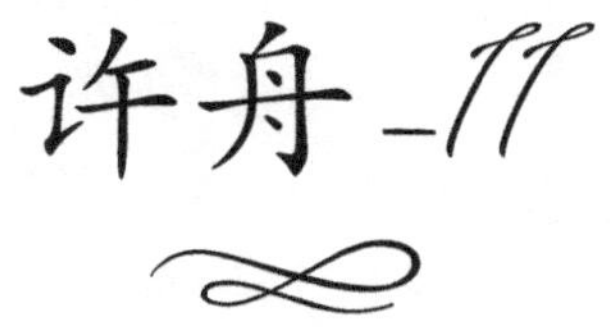

11

" ......Maledizioni......Ma che cazzo fai......Che cazzone......Minchia ......Che cazzone......Porca miseria......"

当Don的女人不生气时，模样倒挺可人的，但只要生起气来，五官的位置都会移位，而且什么难听骂什么，这可不，短短几分钟，她已经把意大利的国骂全骂了个遍。

无端被波及，许舟也挺无奈，房子是Don指定要的，他可没拿着手枪逼他买。再说，她也不过是新宠，能不能受宠到今年年底都说不定，值得为一个不属于自己的公寓张牙舞爪、火冒三丈吗？

" Cosa vuoi che faccia?" 许舟问。

女人答她要屋内的装修全打掉，换成她喜欢的样子。

许舟说这简单，只要Don答应，过几天装修队就能进场施工。

女人信心十足地答Don已经答应了，但装修队要许舟去找，另外她还需要一个符合身份地位的暂居地，不能是酒店，她讨厌酒店。

许舟心想Don真是搬石头砸自己的脚，早知如此，买什么房？租一个不香吗？何况屋子装修完毕时，搞不好已经对这个婆娘失去兴趣了……

当然，许舟不可能把心里话说出来，而是毕恭毕敬地接下工作。

女人见许舟的态度不错，也不好再用脏话问候他，于是挥挥手让他走。

离开价值一千两百八十万欧元的房，许舟如释重负。目前他有两件事要做，一是租下一个能让女人称心如意的房；二是找装修队。

许舟想了想，决定问问之前交易过的中介，他是本地人，应该能给出好建议。

许舟－12

12

那名中介帮了大忙（或者可以说双赢），不仅快速提供了一个"高大上"的住房，连装修队也在赶来的路上。

搞定这些后，许舟才想起自己的弟弟，于是一通电话打过去。

电话中的许逼答他还在摩纳哥，一时半会儿不会离开。

"你和那女的有戏了？"许舟好奇一问。

"她叫Blanche，"许逼停顿了一下，"我们正在交往，不过不太顺利，大概她挺介意我是个残疾人。"

许舟要弟弟别妄自菲薄，如果对方真在意，又何必开始？这说不通呀！

许逼承认自己多少有自卑心理，或许真的想多了。

"把她叫出来，我们一起吃个饭。"

许舟的意思是顺便帮弟弟把关一下，结果到了餐厅才知道Blanche临时有事不能来。

"能有什么事？看来弟弟的担忧并不是空穴来风。"许舟心想。

许遥倒没有说泄气的话，而是催促哥哥点餐，想吃什么任点，这餐他请！

摩纳哥有很多餐厅，许遥约的这一家却相当奇特。

"你不觉得这地方有点儿诡异？"许舟忍不住问。

这家餐厅的最显眼位置摆着一尊约五米高的金色大佛，整个空间充斥着大量的东方元素，包括巨大的龙行图腾、金色的古汉字、迷幻的红色吊灯……等，这些浓郁而华丽的气息在昏暗且妖娆的灯光下显得无比庄重、神秘。

"这是Blanche推荐的，如果你不喜欢，那么我们换别家。"他答。

"不用了，"许舟开始翻菜单，"既来之则安之。"

菜送上来后，才发现这是披着中国菜的外衣，卖讨好外国人的菜色（好比春卷包的不是三丝，而是起司；宫保鸡丁成了宫保鸡块，淋的是蕃茄酱；北京烤鸭也非北京烤鸭，饼皮是葱油饼，生黄瓜换成了酸黄瓜……等），可是许舟和许遥却频频点头说好吃。

也难怪，两兄弟从小在意大利长大，改良式中餐其实更符合口味。

此时的许舟不禁想起弟弟的女友，听说她是道道地地的中国人，中国人却推荐一家改良式中餐厅，可见是体贴客人，这么细心的女人不多见，也许真错怪她了。

"妳的女友替哪家公司工作？"许舟问，他记得那女的曾介绍自己是老板秘书。

"她没说。"许暹停顿了一下，"我刚认识她时，她还向我借钱过，后来不仅还了，还十倍地还。还有，摩纳哥的消费高，她花起钱来却很大方，这点挺奇怪的。"

听完，许舟的心喀噔了一下，他想起Don的女人，又想起糖爸爸（通过给钱、送礼物的方式，找年轻女孩谈恋爱的大款），这不挺合理的？

"她不是给大老板当秘书吗？钱肯定是不缺的。"许舟回答弟弟的疑问。

"可是……"

"这水煮鱼做得好，不输意式水烤鱼。"做哥哥的赶紧转话题。

许舟 _13

13

吃完昂贵的一餐，兄弟俩才发现Blanche已预先买单，多付的钱会原渠道返还。

"你女友也太客气了。"许舟说。

"她就是这样，总抢着买单，害我挺不好意思的。"

许舟的猜疑心因此更加重了。

与弟弟道别后，许舟开始着手调查，对他来说，这一点儿也不困难，只是结果挺令人错愕的。

"原来她是EuroMillions史上最大彩金的得主，看来许逼注定要失恋了。"许舟心想。

没多久，许逼告诉许舟——Blanche人间蒸发了，事前一点儿征兆也无。

"手机能打通吗？"许舟问弟弟。

"她没接，发过去的短信也不回。"

这不明摆着被甩了吗？

许舟拍拍弟弟的肩膀，一切尽在不言中。

14

许舟可以假装无事发生，但许遏不能，他天天到王宫看卫队进行交接仪式，以为Blanche能从窗口看到他。

"你打算等到什么时候？"许舟问。

"等到她出现为止，分手也该说清楚，何况我和她之间没发生过不愉快。"许遏答。

许舟很想告诉弟弟分手不见得因为吵架（不吵架的分手往往已经没有转圜的余地），但看弟弟一脸哀戚，他把话吞下去。

"不用担心我，"许遏很快补上一句，"你若想回西西里岛尽管回，我会照顾好自己。"

许舟之所以待在摩纳哥并不是因为弟弟，而是Don的女人需要一个保镖兼出气筒，谁让他事情办完没马上走，结果又被安排上了。

"你也不用担心我，事情办完我自然会回西西里岛。"许舟答。

两个礼拜后的某一天，Don的女人突然想办狂欢派对，她让许舟去找一些白粉来。

找白粉不是难事，许舟害怕的是这女人和她的狐朋狗友们万一High起来，不知会干出什么出格的事（好比从阳台往下跳），那就不好向Don交待了。

女人一听火冒三丈，下人竟敢抗命？她立刻动粗。许舟左闪右避，仍被抓了一脸。

如果不是有任务在身，许舟真想回击，让那个婆娘尝尝厉害，但他也清楚Don的女人不能碰（至少受宠期间不能），只能将事情往上报。

Don知道自己的女人欺负手下也很恼火，但女人撒娇两句就把Don的毛给抚顺了，换来的是如愿以偿（白粉照常供应），而许舟也没白受罪，派对结束后获准放假三周。

许舟虽不满意，但办完事就能离开那女人也是乐事一件，于是勉为其难地接下工作。

本来买毒品一事并不需要麻烦自己的弟弟，但他近日魂不守舍，许舟想让他有事干（也许有助走出阴霾），所以派他上热那亚取货。

"什么时候？"许暹问。

"明天中午12点在灯笼塔下，钱已付清，你只要把货带回来即可。"

"好。"

16

热那亚是意大利最大的商港和重要的工业中心，离摩纳哥不远，开车两个小时就能到。

由于历史原因，这个城市内有许多名胜古迹，譬如圣·洛伦佐主教教堂、圣马利亚教堂、圣乔治宫、马可波罗监狱、新街博物馆、哥伦布故居以及欧洲规模最大的水族馆等。灯笼塔虽然也是地标式建筑（它是世界上最古老的同类建筑之一，塔身有基督教符号鱼和圣乔治十字架），但因坐落在圣贝尼尼奥山丘上，游客相对没那么多，或许这也是毒贩选择在那里给货的原因。

许舟要弟弟去取货，像往常一样，许遏并没过问取的是什么，隔天一早便开着租来的车子往东而去。

到达目的地，许遏取下义肢，然后下车往灯笼塔走去。为什么取下义肢？一是好辨认，二是降低对方的防备心。

许遍站在灯塔下好一会儿，过往的行人三三两两，无一为他停留，突然，一个穿花衬衫的意大利人迤迤然向他走来。

"Buon giorno."那人向他问好。

许遍也回复："Buon giorno."

花衬衫男人接着四处溜达，没多久又踅回，这次他改说："Ciao."

"Buon giorno"和"Ciao"都是问候语，只是前者应用在非熟人间，后者用在熟人间，这也是当初说好的暗语。

许遍正要回复"Ciao"时，手机响了，根据来电音乐，是Blanche打来的。许遍踌躇该不该接，表情难免有异，结果花衬衫男人误会了，拔枪往许遍的腹部给了一枪，顿时血流如注。

"喂！"许遍用尽全身的力气按下接听键，并且气若如丝地应着。

"你在哪里？"

"我……"许遍腹痛如绞，"我流血了，告诉我哥，他……他住大都会酒店……"

接下来的问话，白素贞都得不到回应，心里很是着急，看来只能找到许舟再说。

许舟 _17

I 7

许舟一走进酒店大堂就看到Blanche，她看起来很慌张。

"谢天谢地，你总算回来了。"她说。

"妳怎么……"

"许暹流血了，他让我通知你。"

然后Blanche简短而快速地把事情经过（包括时间）告诉许舟。

许舟心想中午时分不是取货时间吗？那么弟弟肯定在灯笼塔遇袭了。他立马驱车前往，同行的尚包括心急如焚的Blanche。

18

医生说伤者流血过多，目前处于休克中期状态，情况很不乐观。

许舟来到病床前，他的弟弟口唇发绀、脸色苍白、唤他偶有回应，但大部分时间保持沉默。

与许舟的"冷静"不同，Blanche显得非常焦躁，一边来回搓着许暹"唯一"的手掌（想让发冷的手掌暖和些）一边要许舟转告医生，无论多少钱她都负担得起，一定得救他……

"妳稍安勿躁，我这就过去和医生谈谈。"他答。

哪知正谈着话，一位护士忽然大惊失色地闯入，许舟听闻后知道坏了，吓得也跟着一起跑向观察室……

奇迹并没有发生，他的弟弟走了，这让硬汉许舟一下子崩溃，若不是医护人员拦着，他恐怕会撞得头破血流。

与许舟的情绪失控不同，此时的白素贞反倒"冷静"，她一语不发，像死去了一样。

半个小时过去后，许舟渐渐恢复理智，他意识到无论再怎么悲伤、懊恼、悔恨，也挽回不了许遄的生命，人终究得面对现实。

在处理弟弟的遗体前，他先联系上级领导，表示自己想退出卧底工作。

上级领导倒没为难他，准他一个月的长假。

许舟纠正自己的退出是永久退出，不仅不再当卧底，连警察也不当，回到平民百姓的角色。

这个突发事件让上级领导有些措手不及，表示要内部商量过后再给答复。

挂上手机后，许舟走向Blanche，问她需要什么？

"什么都不需要，让我和许遄静静地待上一会儿，可以吗？"

"当然可以。"

说完，许舟离开抢救室。

19

许舟后来在米兰大学附近开了一个健身房，身份证上的名是 Celio，姓是 Rossi，单看" Celio Rossi"，这是一个非常寻常的意大利男人名，不会让人联想到是位黄种人。

是的，有人帮着将许舟的弟弟安葬，墓碑上的名字写着 Zhou Xu，地底下埋的却是许暹。如此一来，真正的许舟才能重生，黑手党也才不会追究（毫无疑问，这是警方帮的大忙）。

做回平民百姓，许舟开始在自己开设的健身房加强锻炼，运动能让他暂时忘记悲伤，还能起到保护自己的作用（他的庞大身躯很容易唤起黑帮的记忆），并且……老实说，他想以一个阳光挺拔的形象出现在李雯面前，告诉她："我想妳了，让我们重新来过。"

20

许舟的健身房开在米兰市中心，很多邻近的上班族和大学生都会过来健身，不过这不是主因，主因是这个地点离优美艺廊Bella Galleria只有十几分钟的步程，方便他时不时过去瞧瞧。

没错，李雯毕业后并没有做文物修复的工作，而是改做艺术品销售。许舟不清楚个中缘由，他猜想要嘛人浮于事，她一时没找到对口的岗位；要嘛薪水太低，满足不了大城市的开销。不管哪个，许舟挺高兴她有个看起来颇为体面的工作，而且成天沉浸在艺术氛围内，多少跟所学扯上了一点儿关系。

这一天，许舟做完运动并且淋浴完毕，他换上干净的衣服，然后到楼下的轻食餐厅吃简餐（也许是鸡蛋蔬菜沙拉，也可能是鸡肉三明治或低卡意面），再加上一杯纯果汁。吃完中饭，许舟徒步往Agnello街走去，李雯工作的艺廊就在那条街上，运气好的话，也许能透过玻璃窗看到她的身影……

兴许今天的运气不好，许舟硬是没看到。

"罢了，也许下班后还有机会。"他心想。

许舟的仪式一天总要进行两回，风雨无阻。第一回在午饭过后，也就是现在；第二回在晚上六点左右（这是李雯下班的时间），通常他会跟踪她回家，直到她拉上窗帘为止。

离开优美艺廊后，许舟并没到Caffè Fernanda喝卡布奇诺，而是回到健身房。今天新购的健身器材会送到，他得盯着，免得像上回一样，送来故障机却死活不承认。

这么一忙就忙到下午五点半，许舟叮咛员工几句后，赶紧出门，他可不想错过护送女友回家的机会。

许舟 _21

等了不到十分钟，他终于看到李雯，今天的她穿着藏青色带条纹的套装，修身的剪裁看起来干练十足。

与往常不同（她通常独自回家），此时的她身边多出两位女同事，看来待会儿有节目。

果不其然，三个女人往米兰大教堂的方向走去，最后进入文艺复兴百货商场的顶楼，那里有多家餐厅。

许舟跟着进入其中一家。这家餐厅的露台能看到世界上最大的哥特式教堂——米兰大教堂，但李雯和她的女伴却选择坐在室内，许舟也只好舍弃大露台。

服务员知道许舟是一个人用餐后，撤掉多余的餐具，接着递上菜单，倒上饮用水，然后站在一旁等待客人点餐。

许舟正处减肥期，点凯撒沙拉和牛排会是比较明智的选择，偏偏菜单上的菜式太丰富，一个个让人垂涎三尺，他忍不住点了牛肉烩饭和腌猪油Lardo（碳水化合物和饱和脂肪是减肥大忌），心想就破戒这么一回吧！结果主菜还没送到，餐前面包倒是先来了，那是一篮形状各异的小面包，还给了两种蘸酱——橄榄油和食醋。

"不，不行，这绝对不能碰！"许舟对自己喊话。

心口不一的下场便是东西虽吃到了，美味却大打折扣。

许舟当然知道这是心理作用在作祟，但也无能为力，谁让他处于减肥期？当初开怀大吃时有多快乐，现在就有多痛苦，怨不得人！

与许舟的"天人交战"不同，李雯和朋友们边谈笑风生边大快朵颐，似乎没把卡路里一事放在心上。

"她为什么吃不胖？是不是有什么秘诀？如果她能传授给我，我应该很快能瘦下来。"许舟忍不住想。

饭后，李雯和同事互道再见，然后沿着蒙特拿破仑大街往东走去，过了五个街口后向左转，当行经鞋店时再右拐约五百米就到了（许舟对这条路线再熟悉不过，闭着眼睛都能走到）。

像往常一样，跟踪李雯回家的许舟在楼底下一直等到三楼的灯光亮起，同时灰蓝色的窗帘被拉上才放下心来。

"晚安，李雯。"他喃喃道，然后转身离开。

许舟–22

22

这样的日子说好也好，说坏也坏。好在于他天天能看到李雯（即使是休假日，许舟也会到她的楼底下站岗）；坏在于自己的体重还没降到理想数字，他只能远远看着她，然后幻想某天与她相会的情景……

这一天吃完中饭，许舟又站在优美艺廊的对面，下午两点（今天他吃得晚），李雯应该已经在店內了。

"请问钟楼怎么走？"

听到乡音，许舟转过头去，发现一名中国游客拦下李雯问路。

"我告诉你哈！你沿着这条路往前走，到了圆环左转会看到王宫，王宫的后面就是钟楼，可是钟楼现在好像在维修，应该进不去。"李雯答。

"妳确定？"

"不确定，你到现场再问问吧！"

结果那名游客等不及，一转身就问站在一旁有着同样亚洲脸孔长相的许舟："请问钟楼现在让不让进？"

许舟本想佯装听不懂，但又想试试李雯能不能认出自己，这么一蹉跎，游客以为他听不懂普通话，遂改用蹩脚的意大利语问。

这个意外的插曲曾让李雯的目光短暂停留在许舟身上，可是等绿灯一亮起，她便踩着轻快的步伐过马路，一点儿也没犹豫。

原来李雯并没有认出自己，这让许舟大失所望。

"……Capisci？"游客问他听懂了没？

"私は日本人です。"许舟答，然后默默走开。

许舟 _23

23

李雯把许舟当成陌生人，这是个沉重的打击，他决定加倍健身和节食，好早日做回自己在李雯心目中的形象。

隔天是周一（也是优美艺廊的休息日），许舟运动三小时后才去找李雯，下午一点，她应该已经起床，并且吃完Brunch，可是他左等右等，灰蓝色的窗帘还是没拉开。

难道她还没起床？或者……病了？

一想到李雯可能病了，许舟很是着急，但也不能贸然上门，这如何是好？

思来想去，许舟决定先回家，等华灯初上时再过来看看李雯是否无恙。

当夜幕降临，许舟看到那个熟悉的窗口仍是窗帘紧闭，屋内没有灯光，他的心里越发焦躁。

"对了，我替她叫个外卖，只要有人收下，代表她无事，不是吗？"许舟心想。

后来他真的匿名替李雯叫了个披萨，并且亲眼目睹外送员空着手离开公寓，这才安心离去。

许舟-24

24

当清晨的第一道阳光洒落进来时，许舟忽然灵光一闪，不对，万一无人应门，外送小哥会把披萨放在门口，而不是带回店里。

这么一想，许舟再也睡不着，赶紧爬起。他想在李雯上班前确认她安好，否则午餐前的时光会很难熬。

结果灰蓝色的窗帘还是没拉开，这很不寻常，李雯向来只在夜里拉上窗帘。

许舟看了一下时间，早上7:30，还有两个多小时优美艺廊才会开门营业。他思考了一下，决定就近找个咖啡厅坐坐，如果两小时后还是没有任何变化，他便上李雯工作的地方转转，兴许她会在店内。

许舟_25

25

优美艺廊Bella Galleria在米兰相当出名，共两层，里面的东西非一般人能买得起。若不是因为李雯，许舟大概一辈子都不会踏足。

上午十点，优美艺廊挂出Aperto（营业中）的牌子。许舟透过玻璃窗往內看，好像没有李雯的身影（她的同事倒是见到了）。

犹豫了一会儿后，许舟还是决定一探究竟。虽然他的身材还没恢复过来，李雯若认出他来，恐怕会失望，但许舟管不了那么多了，他必须确认李雯是安全的，否则一颗心无法安定下来。

" Benvenuto, Cosa posso Fare per te?" 一个短发女生上前接待，许舟认出她是前些时候和李雯一起吃饭的人之一。

许舟告诉她，自己想买一张油画放在房间內。

女人答有的，在二楼，请随她来。

往二楼的路上，一个个令人目眩神迷的精品摄入眼帘，包括彩色水晶镶嵌的边柜、传统与技艺结合的壁画、时尚的灯饰、精美的古董椅、一张张看起来有些斑驳（但绝对不廉价）的古波斯地毯……等。

上到二楼，许舟倒吸一口气，这是个小型美术馆无疑，里面的绘画作品和雕塑怕不止三百件。

短发女生接着问许舟想找什么类型的油画，她好帮忙推荐。

许舟答自己还没有清晰的目标，让他先独自看看，合眼缘时会告诉她。

于是短发女生下楼去，把偌大的二楼留给他。

许舟边看这些艺术品边感慨，一张小型花卉图也能卖到五万欧元，比他开业（健身房）以来的收入还要多，就更别提那些大型画作及看起来有些"莫名其妙"的雕塑，许舟这辈子应该与它们绝缘。

别看许舟的目光好像只落在这些艺术品上，曾经身为警察和卧底的他同时还眼观六路，耳听八方，早察觉到无所不在的摄像头和二楼依旧没有李雯身影的事实。

半个小时过去后，短发女生上楼来，问他是否已找到心头好？

许舟歉然地表示没有，也许下回会有，还借机问她店内有没有会说普通话的销售？

短发女生答如果他早两天过来就能见到，可惜她飞到帕劳度假去了，下个月才会回来。

原来度假去了，许舟顿时松了一口气。

由于心情转好，离开优美艺廊前，他买下放在一楼展示厅里的桌面收纳盒，用它来摆放一些办公用品应该很合适（话说回来，也只有这个还负担得起）。

26

许舟上网查帕劳，发现它是由好几个岛屿所组成的国家，地处菲律宾棉兰老岛以东，是太平洋进入东南亚的门户之一。虽然这个国家只是一个迷你岛国，却拥有最纯净、最美丽的蓝色大海，被誉为"上帝的水族箱"。

"原来李雯上那里度假去了，希望回来时别黑不溜秋的。"许舟祈祷着。

虽然国外流行健康的小麦肤色，但许舟还是喜欢白点儿的，所以不希望李雯丢了这个才好。

许舟 _27

27

短发女生曾说李雯下个月才会回来，但没说是月初、月中还是月末，这让许舟的心游移不定。为了确保能第一时间看见她，许舟决定天天进行仪式，像往常一样（一天两次到艺廊查看，休息日则上李雯的公寓）。唯有如此，他才能安心。

结果许舟从月初等到月中，再从月中等到月末，依然没有李雯的影子。这下子他急了，担心李雯是否在帕劳出了意外？

正当许舟踌躇该不该再上艺廊探探口风时，李雯回来了，皮肤晒得老黑，差点儿都认不出来。而更令他诧异的是李雯不是一个人回来，有一个皮肤黝黑的男人随她一起进入公寓，并且留了下来。

这个发现让许舟怒火中烧，想杀人的心都有。

"李雯，妳怎能背叛我？"许舟对着三楼窗口无声地控诉着。

许舟_28

28

许舟其实没资格生气，不告而别近三年，李雯就算结婚生子也不干他事。许舟当然也明白个中的道理，不过他适时替自己找到一个好借口，那就是保护李雯，防止她受骗上当（除了他自己，任何接近李雯的男人在许舟看来都居心叵测）。

为了达到这个目的，他停留在李雯公寓外的时间拉长了，可是一直等到三日后才等来机会。

那男人一步出公寓，许舟立刻尾随，结果男人除了散步及比手划脚地买下一串香蕉外，什么也没干。不过短短的时间內还是提供了有用的信息，譬如这个男人不会说意大利语，但会说英语和普通话（在与水果店店员沟通时无意间冲口而出）。

鉴于李雯刚从帕劳回来，而帕劳的官方语言是英语，所以许舟猜想这个男人是居住在帕劳的华侨，这很好地解释为什么他会说以上两种语言。

连续跟踪数日后，许舟明显感觉到这个男人的进步，比如他渐渐会使用意语单词购物，散步的范围也扩大了，代表他对环境越来越熟悉，同时识路能力也不差。

当周一（李雯的休息日）到来时，许舟打算天一亮就到公寓外蹲守，他想搞清楚那两人的关系。如果是普通朋友，代表他还有希望；如果是男女朋友，那就不妙了，他得赶紧制定作战计划，毕竟他还爱着她，而且与日俱增。

许舟-29

29

换作从前，李雯通常中午左右会起床，但今天愣是不一样，当许舟抵达时，灰蓝色的窗帘已经拉开，代表至少女主人已经起床了。

许舟又等了约莫半个钟头，李雯和那个男人才下楼来，一身运动服打扮，看样子像是要跑步，实际不然。他们二人走过一条又一条的街道，李雯边指指点点边口沫横飞，明显在指路，男人则极少说话。

"笨哪！"许舟摇头，"她还以为那个男的大门不出，二门不迈，其实人家早把附近都摸透了！"

那两人兜了一圈后回到米兰大教堂附近，并且往一个熟悉的方向走去。

"不会吧？！一早就吃冰淇淋？"许舟心想。

结果不是，他们去的是网红冰淇淋店对面的油炸面包店，他家以爆浆帕尼尼和各种炸芝士饺子闻名。许舟不知他们都点了些什么，对于减肥人士来说，还是闭上眼睛比较明智，否则容易把持不住自己。

买完面包的两人后来又上咖啡店买了外带咖啡，然后坐在米兰大教堂前的台阶上吃喝起来。此时台阶上坐着的不乏一对对的情侣，任谁都会以为这对也是，这让许舟颇感不是滋味。

他特意走过去，并且坐在那两人身旁，中间隔着两米。这个距离刚刚好，既不会太靠近而让对方起疑；也不会因太过遥远而听不到谈话。

"**Jerry，待会儿我带你去剪头发。**"李雯说。

"为什么？"

"你的头发长了。"

"我喜欢留长发。"

"短发精神些。"

"我喜欢留长发。"

李雯停顿了一会儿后，问："你喜欢米兰吗？"

"不怎么喜欢，这里没有海。"

"我一周只休息一天，等放长假时再带你去海边。"

"……好。"

从对话中，许舟很难判断这两人亲密到什么程度，倒是因此知道那男的叫Jerry(这个名字让他联想到动画片《猫和老鼠》里的老鼠Jerry)。

他们两人吃完东西又晒了会儿太阳后，起身离开，许舟马上跟进。

在商场里，李雯帮Jerry买了几件衣服和鞋袜，这一逛就是好几个小时。下午四点，吃完快餐（搞不清楚是午餐还是晚餐）后的两人紧接着上超市采购，Jerry倒很体贴，结账后没有让李雯提东西。

"我看这男的就是个吃软饭的，一整天都是李雯在买单。"许舟想，同时替昔日女友感到不值。

这两人回到公寓后，灰蓝色窗帘很快被拉上，让人浮想联翩。

许舟 -30

30

许舟发现Jerry出外溜达的时间越来越长，从原来的一个多小时延长到近八个小时，几乎李雯前脚一走，他后脚也跟着出门，天天如此。

"他好歹也找份工作，天天吃李雯的、喝李雯的，这哪成？"许舟突然灵光一闪，"哎呀！我何不雇用他？顺便打听消息。"

主意一打定，他走向坐在长椅上喂鸽子的男人，然后把印着意大利文的名片递过去。

" Sorry,I can't read it." Jerry对许舟说。

"这是我的名片，"许舟收回名片，同时坐了下来，"我以为你对健身感兴趣。"

"原来你会说普通话。"他的眼神一亮，"自从来到这个城市，你是第二个跟我说普通话的人。"

第一个是谁不言而喻。

"我在市中心开了个健身房，正在招教练，我看你肌肉结实，应该没少锻炼吧？！"

"我的肌肉结实是因为冲浪，而非在健身房里健身。在帕劳，我是一名冲浪教练。"

"冲浪教练跑来米兰干嘛？这里又没有海。"

"哎！"他叹了一口气，"说来话长。"

许舟正烦恼该如何引导他说出前因时，这个男的倒是主动交待了，丝毫没有防范意识。

"李……那女的让你来米兰根本毫无意义，你的签证是有期限的，如果没能及时找到工作，难道让那个女的养着？"

"你……"

许舟这时才意识说错话了，赶紧道歉，表示自己是胡乱猜的，请别放在心上。

"不用道歉，其实我也……"

"启东~"一个女人突然喊，然后奔跑过来，一头撞进Jerry的怀里，"真的是你，我找你找得好辛苦！"

启东？这个帕劳男人叫启东？怎么李雯喊他Jerry？

没等许舟反应过来，Jerry推开那个情绪激动者，问："妳认识我？"

不知怎的，那个有着少数民族脸孔并且鼻尖上同样有颗痣的女人惊恐万分，像被雷击中了似。

待女人平静下来，许舟循序渐进地询问（这是他做为警察的基本能力），直到一切都明朗化为止。

"杨梅，这是妳单方面的说法，Jerry……或者妳口中的启东已经失忆，这如何验证？"许舟提出疑问。

"他就是启东，不信的话，你可以查查他的后背近臀部处，看看是否有个米粒大小的朱砂痣。"

经Jerry（或者启东）同意，许舟帮着查看，没错，是有个朱砂痣。

"可是……"

许舟话还没说完，那男人立即表示自己应该就是启东没错，因为他对杨梅有很强烈的感觉，尤其那颗鼻尖上的黑痣……

话一落音，许舟注意到杨梅鼻尖上的黑痣位置与李雯的基本吻合。

"现在你俩想怎样？"许舟进一步问。

"启东"看了一眼杨梅后，答："我想跟她一起回锡亚高。"

"太好了！"杨梅眉开眼笑，像中了头彩。

许舟问那李雯怎么办？结果那男人没心没肺地说李雯的恩情他永远铭记在心，哪天若到锡亚高来，他一定会好好招待她……

"就这样？这也太绝情了！"许舟心想，虽然他也期望"白眼狼"赶紧走。

那两人临走前不忘借走5000欧元当路费。

"谢谢！"杨梅收下钱，"等你到了锡亚高，我会还你的。"

"不用了，不过我倒挺想知道妳所说的咖啡馆巫师是不是真的？"

"绝对是真的，若有半句虚假，我杨梅遭天打雷劈！"

送走两人后，许舟才开始烦恼要如何让李雯相信"Jerry"其实是"启东"，并且已经搭上飞往锡亚高的班机？

许舟 - 31

31

黑夜降临，疲惫的脚步声传来，由远及近。

趁李雯还没刷开公寓底层的大门，站在阴暗处的许舟喊了一声："李雯。"

李雯收回门禁卡，转向声音出处，问："谁？"

"我。"许舟离开阴暗处，好让她看清楚些。

"你……你是……不……"李雯后退一步，"我不认识你。"

许舟的体重还不尽理想，但已经消瘦不少，从李雯的反应中，想必她已经认出他来。

"我是许舟。"他说。

"谁是许舟？我根本不认识这么一个人。"答完，她匆匆去刷大门，结果被许舟抢下门禁卡。

"你到底想怎样？"李雯扬起声问。

"我想和妳说话，请给我时间，我会把所有事情都解释清
楚。"

<h1 style="text-align:center">许舟-32</h1>

32

李雯好不容易才适应酒吧昏暗的灯光，还好没有恼人的音乐，否则她要头疼了。

"这里的Mondrian Martini是以金酒和干味美思为基底，绿色部分是苦艾酒，黄色部分是浸了藏红花的伏特加，红色部分则来自Campari。"许舟介绍。

"我来此不是为了听这个。"李雯冷冷地答。

许舟也知道李雯不是为了听Mondrian Martini的配方才跟着来到酒吧，但三年未谈过话，他不知道该如何跨越彼此的鸿沟，只能从熟悉的谈起。

"好，不说这个。我只想告诉妳，当初不告而别是有原因的，我……我当了卧底，妳到警局找我一事，我也知道，他们告诉妳查无此人是为了保护我。如今我恢复平民百姓的身份，在离此处不远的地方开了个健身房，生意不好不坏，糊口倒是没问题。"

听许舟这么一说，李雯很是震惊，她猜想过各种可能性，偏偏没想过他会为公（当卧底）而离开她。

"你以为我会相信你胡乱编造的谎言？"她问。

"这就是事实，"许舟显得无奈，"如果妳想要我的上级领导作证，我可以安排，不过也许妳会进一步怀疑上级领导是我找来的演员。"

李雯的愤怒油然而生，三年未见，一见面就给她一颗重磅炸弹，还把自己撇得一干二净，仿佛她就活该遭受这一切！

"欺负我好玩是吗？你就只会欺负我！"说完，她潸然泪下。

这从何说起？许舟可以欺负任何人，但绝不包括李雯，她是他最想爱护的人。

"要不，现在换妳欺负我好了，罚我……罚我从此为妳做牛做马。"许舟说。

"晚了，"李雯拭去眼泪，"我已经有男友了，他叫Jerry。"

当许舟告诉她这个男人的真实姓名叫启东，现在已经坐在飞往锡亚高的班机上时，李雯睁大了眼，问他是否开玩笑？

"不，我没开玩笑。妳若不信，待会儿回去就知道。"

当李雯回到公寓三楼，面对的是一室冷清时，她恨透了许舟，这是他安排的无疑，为的是夺走她好不容易才得来的幸福。

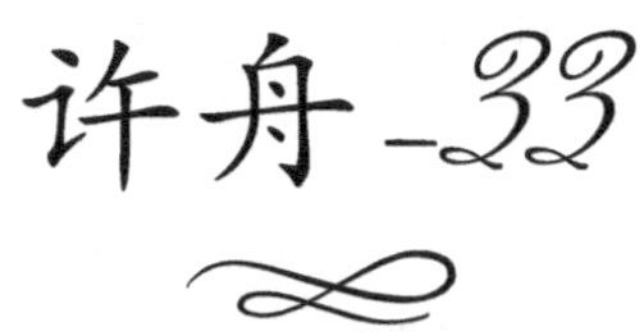

33

许舟万万没想到才一晚上的工夫，李雯便翻脸不认人，甚至报警有人骚扰她。

"李雯，妳不相信我，我可以理解，但说我骚扰妳未免……未免太过？既然这样，妳何不亲自飞到锡亚高一探究竟？启东是岛上唯一一家华人冲浪俱乐部的少东，妳不会错过的。"许舟当着警察的面说。

次日一早，李雯坐上飞往锡亚高的班机。她想当面质问Jerry为什么不告而别（像许舟当年一样）？惟有搞清楚事情原委，她才能重生，才能决定接下来该何去何从。

梧桐路上的许舟……

杨梅说梧桐路上有很多碧绿的梧桐树，许舟一定不会错过，可是当他来到这条路上时，看到的却是只有几片枯叶的枝头，早已没了那繁茂的绿。

杨梅还说那家咖啡馆很特别，窗户被绛红色的窗帘给遮挡住，从外面看不见里面。除此之外，店门口还有个人字板。

"绛红色的窗帘……人字板……绛红色的窗帘……人字板……"许舟边找边默念着，"有了！不正是这个？"

眼前的咖啡馆大门紧闭，窗户被绛红色的窗帘给遮挡住，从外面看不见里面，还有，店门外也立了一个人字板。

"凡以神仕者，掌三辰之法，以犹鬼神示之居，在女曰巫，在男曰觋。"许舟喃喃道，"怪了！这是什么意思？"

正当许舟百思不得其解时，有两个上班族打扮的男人匆匆走过。

"好冷啊！这风吹得让人起鸡皮疙瘩。"打红领带的人说。

"要不喝杯热饮？太早回去容易被领导抓去办事。"打蓝领带的人答。

"说的也是，喝个东西再走也好。"

他俩左右观望一下，打蓝领带的人说："喏！就那家，叫巫……巫……"

"巫觋咖啡馆，'觋'字下方不是标注读音了吗？"

"哎呀！你又不是不知道我是个大近视。"

话音一落，两人一同走向咖啡馆，结果打红领带的那位转不开门把，打蓝领带的那位也是。

"搞什么？没营业就没营业，挂什么'营业中'的牌子？"

"算了算了，还是回公司吧！"

两人走后，许舟犯难了，自己大老远跑来，咖啡馆却没营业，这不是折腾人吗？

此时一阵凛冽的寒风吹来，许舟忍不住打了个哆嗦，心想他也试试，若真开不了再另想办法，结果"扣"的一声，门开了。

"欢迎光临！"一个低沉、浑厚且富有磁性的声音传来。

许舟怔住了，倒不是因为说话的人意外有一副好嗓音，而是那人的长相像极了法国文豪雨果笔下的钟楼怪人，同样拥有几何形的脸、四面体的鼻子、马蹄形的嘴、参差不齐的牙齿、独眼、驼背……等。

大概意识到这样直愣愣地盯着人瞧很不礼貌，许舟赶紧开口："我能进来喝杯咖啡吗？"

"我说了——欢迎光临。"

"噢！是……你是说了。"

许舟有些尴尬地进到咖啡馆内，同时没忘了关上身后的门，把刺骨的寒风留在门外。

"请坐。"长得像钟楼怪人的人说。

许舟的目光扫射了一下，店内只有一张桌子两把椅子，也就是说——没得选。

他在掉了皮的皮椅上坐下，面对的是一个象腿造型的圆桌（与杨梅描述过的一模一样）。

"请问店内的服务员就只有你一人吗？"许舟忍不住问。

"不止，但今天我当班，你想喝什么？"

许舟感到失望，他想找的是右手食指上戴着一个骷髅头造型指环的年轻人。据说（当然是听杨梅说）这个男人能未卜先知，他很想知道自己和李雯还有没有未来？

"你不知道此刻的我想喝什么吗？"许舟反问，多少有挑衅的意味。

"此刻的你并不想喝东西，但来者是客，我还是礼貌问一句。"

"对不起，我……"

"我知道了。"

钟楼怪人走后，许舟自言自语："奇怪！他知道什么了？"

许舟以为钟楼怪人很快会回来，结果没有，于是他站起身来，想好好打量这家杨梅口中有些古怪的店。

"我告诉你哈！"杨梅说过的话在他耳边响起。"没进店之前，你可能以为里面会很阴暗，实际不然，有几个柳编的灯笼挂件式烛台从屋梁上垂挂下来，把不到五十平米的小店照得通透明亮，连地上的冰裂纹小花砖也看得一清二楚。还有还有，柜台旁边立了一个鸟架，上面站着一只羽毛黑到发亮的鸟，是活物喔！不是标本。"

回忆至此，许舟走向柜台旁边的鸟架，上面立的鸟一动也不动。他按了按鸟身又敲了敲鸟嘴，毫无反应。

"明明是标本，怎么杨梅说是活物？"他不解地想着。

离开鸟架后，许舟往另一个方向走去，那里像丛林一样杂乱，但仔细观察过后却是乱中有序。

许舟的手掠过置物架上那些奇奇怪怪的小物件，最后落在一个胡桃木制的盒子上。打开一看，里面是一枚美得摄人心魄的戒指，正中央是颗粉嫩的尖晶石，周围环绕着数十颗不同颜色的宝石，仿佛一朵盛开的花朵。

"太美了！李雯一定会喜欢这枚戒指。"许舟心想。

"那枚戒指只是装饰品，除非当成信物，否则没什么作用。"

听到声音，许舟转过头去，看到的是一位又瘦又高的年轻人，穿着黑衬衫、黑长裤，五官很立体，有棱有角，像是造物者用力过猛所致。

"作用？它应该有作用吗？"许舟问，然后把戒指放回盒內。

"施过法术的才会有作用。"

许舟心想他若买它也只为了博李雯一笑，但李雯也许连见面的机会都不给他，遑论能不能起作用……

"这杯是特别为你调制的。"年轻人说完，把一个好小的杯子递给他，许舟这才注意到他的右手食指上戴着一个骷髅头造型的指环。

原来他就是杨梅口中的能人！

许舟心里一高兴，坐下来把咖啡喝个底朝天。

"这咖啡的油脂分层已经消失，尝起来难免有酸味。"年轻人坐下，捡起像玩具杯的杯子查看，"我以为你至少会留下 5ml，结果只剩泡沫。"

许舟又忆起杨梅曾说过的话（得留下一些咖啡液给巫师），他很懊恼，这下子恐怕问不出个所以然。

"怎么样？能看出李雯的心意吗？"许舟问。

"她的心意……你不明白吗？"年轻人反问。

"不告而别"之前，许舟认为自己很明白，但现在他不明白了，尤其李雯后来交了男友，还控告自己骚扰她，如果是真爱，又怎会如此？

"那么你何不当面问她？"年轻人好像有心电感应似地说。

"当面？据我所知李雯正在帕劳。"

此时"嘎"的一声传来，方才一动也不动的黑鸟忽然张开翅膀在室内盘旋。几个来回之后，它把胡桃木木盒内的戒指叼到圆桌上。

"谢谢你，飒耶。"年轻人对它说。

然后鸟儿飞回到鸟架上，再次一动也不动。

"果然是活物，杨梅没说错。"许舟心想。

接下来年轻人聚精会神地凝视着戒指，像要将它看穿了似。

"请问……"

"嘘～别打扰我工作。"

于是许舟闭上嘴巴。

"嗡吧匝拉……恐萨满压……西地美哉云雷依……嗡吧匝拉……恐萨满压……西地美哉云雷依……"年轻人将双手置于戒指上方，同时反复吟唱着。

过了好一会儿，年轻人才停止这个怪异的举动，然后以笃定的语气说："李雯正往这里走来。"

"现在？"许舟睁大眼睛问。

"是的，离此不到两百米。"

听到这个，许舟急得团团转，问："我该怎么办？"

"躲起来吧！"年轻人说。

“躲哪里？”

“别担心，听我的就是。”

许舟躲好后，年轻人把戒指放进木盒内，然后回到柜台。

第六位客人：李雯

I

当李雯告诉家人想到意大利留学，并且从本科读起时，掀起了一场不大不小的家庭风暴。

"妳一个意大利语专业学士干嘛换跑道？何况还是从本科读起。还有，如果想读文物修复专业，国内也有相关课程。"她的母亲说。

"没错，"她的父亲接棒，"学这个何必上国外？前几年有个很火的记录片叫《我在故宫修文物》，妳可以找来看看。简言之，我们国家的修复技术已经很高超了，不需要向国外借鉴。"

李雯选择意大利博罗尼亚大学的马赛克修复专业虽是一时兴起，但事前也做足了功课，归纳有以下几点优势：

1、本硕连读五年，一次性完成学业。

2、 自己的意大利语不坏，不用从语言班学起。

3、 博罗尼亚大学是公立学校（免学费），注册费加生活费能控制在每年**10**万元人民币以下。

4、 这个学校在国际上的知名度颇高，文物修复专业在当地又挺"高大上"，毕业后不怕找不到工作。

5、 博罗尼亚是一座大学城，学生数量众多，治安相对要好。还有，这里是意大利的美食中心之一，素有"胖子城"之称，不用担心自己的味蕾得不到满足（何况还有一条专治思乡病的中国街）。

6、 铁路系统四通八达，去欧洲任何主要城市都非常便利。

7、 种族歧视不明显。

李雯的父母一听说自己的女儿已经把未来的路都想好，加上留学费用没想象中高，便不再持反对意见（何况到国外镀金还能顺便吊金龟婿，何乐而不为？）。

这对心思单纯的父母以为留学问题只有钱和出路这两项，一旦解决了便什么都解决了，殊不知他们的女儿还有事瞒着，那才是她想到意大利留学的主因（过去四年李雯一直暗恋着意大利口语老师，本想等毕业后再表白，结果领毕业证的那一天才听闻他回国了，简直晴天霹雳）。

当然，说这个父母是不会懂的（尤其自己的女儿还倒追老外），所以索性不说，心想等"米已成炊、木已成舟"时再告知也不迟。结果来到博罗尼亚才发现那个脸上依旧带着稚气，同时"只"比她大8岁的男人早已使君有妇，更可怕的是居然还儿女成双，这还能怎么着？

事已至此，李雯也只能硬着头皮把接下来的学习之路走完，问题是硬着头皮也不见得能走完，此话怎讲？

就在她克服语言障碍和高标准的专业能力要求，并且坚持走到最后一年时，不幸的事情发生了——她"再度"失恋，还是被一个佯装警察的人给骗了。

这个打击无疑是巨大的，她终日恍恍惚惚，遑论学习，而缺席期末考试的代价便是失去硕士学位，只保留了本科学位。可想而知，在大部分的文物修复专业求职者都拥有硕士学位的情况下，加上自己又是外国人，李雯失去了从事对口工作的机会。

有句话"塞翁失马，焉知非福？"，在专业领域找工作失败后，李雯转向艺术品销售。拜中国人在意大利的超强购买力，她得到一家高级艺廊的青睐，也算是不幸中的大幸。

讲到雇用李雯的艺廊——Bella Galleria（优美艺廊），在米兰可谓无人不知，无人不晓，里面的东西相当有格调，很受高端买家的欢迎。

该艺廊的给薪方式是"底薪加提成"，李雯占语言之优势（她会意语、英语和普通话），业绩相当不错，不仅能负担得起市区高档公寓的租金和每年一次的奢侈旅游，还能存下不少钱。至此，她才渐渐忘却许舟带给她的伤害，并且尝试去接受新恋情。

李雯网恋的对象是个居住在帕劳的日本人——小松博幸。历史上，帕劳曾被日本占领，到现在还保留不少日本文化，连蓝底黄圆的国旗也和日本的白底红圆近似，甚至这个国家的第一届总统还是个日本人，所以当小松博幸说他家从曾祖父辈起就居住在帕劳，李雯从未怀疑过，只是有一点让她颇为不解，那就是帕劳的官方语言为英语，但小松博幸的英文却出现拼写错误与语法混乱的现象，这不挺奇怪的？

针对此点，小松博幸的解释是他有阅读障碍症。

李雯对此症一知半解，还特意上网查询，发现患者非智力低下后，也就放下心来。在她看来，阅读障碍并不会妨碍生活，起码她（无此障碍）能填补这方面的缺失。

李雯 -2

2

米兰的区域GDP位列欧洲之首，不仅控制了世界4%的艺术珍品，同时也是全球时尚与设计之都，几乎半数的奢侈品牌都诞生于此，好比耳熟能详的阿玛尼、范思哲、芬迪、普拉达、古驰、华伦天奴、杜嘉班纳……等。

李雯有幸在这个艺术氛围浓厚的富裕城市留了下来，并且成为小资人群里的一员，这与她从事的工作不无关系。说到这里，她不得不感谢许舟，如果当初她顺利拿到硕士学位，也许现在正在各大古建筑物内从事修复文物的工作，而非动辄拿到丰厚佣金的都会丽人。

这一天临下班前，某客户买了Tobia Scarpa的落地灯和Grazia Toderi的淡紫色长沙发，同时还预约了近两百平米的壁画服务。短短半小时就让李雯赚进三千多欧元的佣金，简直 essere in un bel pasticcio（意大利俗语"在一个美味的馅饼中"，意思是好得一塌糊涂）！

由于心情大悦，下班后的李雯没像往常一样回家吃微波炉餐（懒得煮饭，非贫穷），而是到超市买世界闻名的帕尔玛火腿，拿它配蜜瓜吃，再来上一杯红酒，啊！夫复何求？

等吃完火腿和蜜瓜，又喝完红酒，李雯打开电脑与远在帕劳的小松博幸网聊。他问她今天过得怎样？李雯把下班前半小时挣到的3250欧元一事相告，但没提到在超市遇到的胖子（最近遇到这个胖男人的机率过高，有点儿不正常）。

问候话讲完后，李雯问小松博幸今天有没有想她？

" Of course, my dearing." 他答。

Darling的拼法是d-a-r-l-i-n-g，而非dearing，但李雯没纠正，反正心意到了就好，文字只是工具而已。

说完情话，李雯问他能不能再多发些照片给她？

是这样的，他俩认识才几天，对方就发来一张自拍，照片中的人气宇轩昂，有点儿像日本男演员阿部宽，这样的颜质完全可以出道。基于"礼尚往来"的原则，李雯也发了一张生活照过去，心想如果小松博幸没看上自己，从此断了联系也不致于太伤心难过。没想到看过照片后的他直呼李雯可爱，还说做梦都没想到会在网上遇到心怡的对象，实在太好运了！

这个反应让李雯心花怒放，对小松博幸的爱恋也就更加死心塌地。

" Sorry. I didn't have a photo recently." 他说。

李雯猜想小松博幸的意思是最近没拍照，所以无法给她。

" Never mind." 她答。

虽然嘴巴说着没关系，但李雯心里想的却是即使最近没拍照，也可发旧照呀！她可是前后发了不下数十张的照片给他，可是他却只发过一张（像"阿部宽"的那张），再无其他。

"I prefer see you instead of photo." 他补上一句。

通过这个语法错误的句子，李雯感受到他对她的思念，顿时有想哭的冲动，而埋藏在心底已久的计划也因此蠢蠢欲动。

3

意大利的休假日之多在国际上是出了名的，好比李雯的公司年假有33天，加上每周一天的休息日和刚好逢上的国定假日，前后足足有近50天。她把这个长假全奉献给了网恋半年的小松博幸，幻想他俩在帕劳有一段甜蜜时光，搞不好假期结束前他会向她求婚，然后她戴着婚戒回到米兰，给优美艺廊的同事们一个大大的惊喜，嘻！那才有意思呢！

刚开始，小松博幸对李雯的拜访采欢迎的态度，随着时间的推移，他变得有些捉摸不定，一会儿说工作忙，也许不能常伴左右；一会儿又说李雯来的月份不对，是台风高发期，还是择日再来为妥。

李雯是个相当独立的女性，如果小松博幸无法陪她，她会自己安排活动，这不是问题。至于台风……网上说这个岛国很神奇，没有地震、台风、水灾、旱灾……等自然灾害，年年风调雨顺，对照小松博幸所言，明显有很大的出入。

"原来网上消息也不能尽信，可是就算台风来袭，我的机票和酒店都已订好，艺廊也安排人手接替我的工作，箭在弦上，不得不发，我已经无后路可退了。"李雯心想，同时难免埋怨对方没及时告知，她可是第一时间就告诉他来访的日期和停留的时间，得到同意后才付诸行动。

不管如何，度假总是令人愉悦，何况这是交谈半年后的第一次面对面，李雯既兴奋又紧张，不知对方见到自己时会不会失望（照片中的小松博幸又高又帅，她对他可是相当满意）？

经过二十多个小时的航程，飞机终于抵达帕劳。

走出机场，一股热浪迎面扑来，游客们纷纷躲进出租车内。李雯不一样，小松博幸说过会开车来接她，她只需站在机场出口处等即可。

结果等得汗流浃背、挥汗如雨也没等来像"阿部宽"一样的美男子，倒是有个獐头鼠目、其貌不扬的亚洲男人曾在身边鬼鬼祟祟的。李雯投给他厌恶的眼神后，那人便开着一辆破旧的面包车走了（为什么会知道是哪款车？那人后来开着车经过机场出口处，车窗开着，所以李雯认出他来）。

贼眉鼠眼的人走后没多久，李雯收到手机短信，大意是小松博幸昨日刚举行完婚礼，为了家庭的和谐美满，请不要再联系他，谢谢！

说来可笑，由于两人分处两个国家，他们一直用社交软件交谈。李雯也曾提议电聊，都被对方以这个、那个的理由给拒绝了，此次因为来到他的国家，小松博幸终于给了手机号，但一再叮咛她只能接听，不能拨打（打了也没用，因为他的工作很忙，非公务不接听）。如今收到这么一条莫名其妙的留言，李雯怎能按捺得住？她立马拨打过去，结果无人接听，再次拨打时，对方已关机。

这是什么跟什么？李雯气得大爆粗口，直到有人盯着她瞧，她才意识到自己的孟浪。

“ Excuse me.”说完，她直起腰杆，然后拉着行李箱往出租车
等候区走去。

4

为了这趟远行，李雯事先做了充分的准备，惟独酒店只订了两晚，心想也许小松博幸与她相处过后会有其他想法，譬如……邀她同住在他那栋面海的别墅内。

眼下，这个"幻想"是不可能实现了（甚至成了笑话一则）。

在酒店前台办理入住手续时，李雯顺便叫了客房服务，所以等服务员送来草莓和香槟时，她已经坐在观海阳台上等候了。

别看此刻的李雯边啖草莓边饮香槟，好像已经事过境迁，其实心里的苦只有自己清楚。

她努力回想不久前在机场出口处的情景，除了那个贼头贼脑的人曾让她心烦意乱外，没有任何人吸引住她的目光，但不幸的事还是发生了，可见当时小松博幸正躲在某个角落观察她，并且大失所望，以致捏造一个大概连他自己都不会相信的谎言。

为了这场世纪会面，李雯特意在走出机场前钻进洗手间补妆，望着镜中的自己，怎么看都不致于让人望而却步才是，可是结果却是如此残酷，怎不令她情凄意切、悲不自胜？

凭良心说，李雯不丑，个性也好，上进心也有，怎奈感情路一直不顺。暗恋老师那四年就不说了，研二那年还遇到骗子，好不容易走出心理阴影，就要迎接新恋情时，结果连那人的脸都没见着就直接告吹，除了遭咀咒外，李雯找不到任何理由。

"哎！我怎么就这么背？"她忍不住对着血红色的夕阳感慨。

等泪水流光后，李雯决定放纵自己（别人可以不爱她，她可不能不爱自己），而放纵自己的第一步便是犒赏自己的肠胃。

"让我看看这家酒店有什么吃的。"她站起身来。

李雯 5

5

前台说酒店提供日料和西餐，如果想吃海鲜BBQ也有，现在应该已经架好炉子了。

想到来到岛国怎能不吃海鲜？于是她立即订位。

吃完刷上各种酱料的鱿鱼、章鱼、墨鱼、乌贼、大虾、蚶子、生蚝、白贝、青口、扇贝、海蛏子和海螺后，李雯转攻甜点，包括好几块颜色各异的蛋糕和好几球冰淇淋，最后再来上几颗甜死人不偿命的巧克力，这才结束假期第一天的盛宴。

等她挺着好似怀有三个月身孕的肚皮回到房间，第一件事便是冲到厕所大吐特吐，连酸水都吐了出来。

"哈！这下子不用害怕发胖了。"李雯跌坐在马桶旁自嘲，笑容看起来既苦涩又勉强。

李雯 _6

6

隔天，吃完酒店提供的自助早餐，李雯走向大堂的旅游柜台，询问他们都提供什么项目？

服务人员说帕劳最出名的便是潜水活动，不论浮潜还是深潜，都能让人永生难忘。

既然这样，李雯便预约了大断层的海上浮潜活动，原因无他，因为一个小时后旅行社就会上酒店接人，她不用等候太久的时间。

趁着这个空档，李雯回房间做准备，包括在连衣裙下穿上泳衣，并且带上防晒油和干净的浴巾。

旅行社按时来接人，上了大巴后，李雯发现只剩第一排有一个座位空出来，于是坐了下来。

大巴行驶约莫十分钟后，上来了一位皮肤黝黑的男子，他的身上穿着黑色水母衣，这让他看起来就像一根大黑炭。

那人见到李雯后，眼睛眨也不眨一下。

李雯往身后再瞧一眼，的确没空位了，遂说："You're late."

她的意思是如果他早点儿来就不致于无座，可是那个男人好像误会了，他问她："Do I know you?"

"No."李雯觉得好笑，"Of course not."

车子抵达大断层是一个小时以后的事，那个男人就这么一路站过去。

等下了车再上船，李雯才发现他是今日的船上救生员，名字叫Jerry。

李雯穿戴好浮潜装备后，噗通一声跳下海。

帕劳素有"上帝的鱼缸"之称，今日一看，果然不同凡响，成群的鱼儿就在身边游来游去，叫得出名字的有小丑鱼、蓝精灵、米奇鱼、孔雀鱼……等，水底下还有各种平日难得一见的珊瑚和巨型海扇，简直美不胜收。

李雯在游船附近浮潜了一会儿后，渐渐有了信心，便向更远的地方游去，没想到本来只离水面约七、八米的水底突然一下子骤降至"深不可测"，她甚至隐约看到了鲨鱼的身影。这一惊非同小可，她的双腿拼命打水企图逃离，结果适得其反，鲨鱼反倒向她游来。眼看就要追上，她不得不大喊"救命"（情急之下，她忘了应该以英语呼救）。

噗通一声，一个黑色的影子迅速向她游来，并且托起她往船上送。

"谢……Thank you."惊魂甫定的李雯说，"There is a shark."

"那是白鳍礁鲨，是最温驯的一种。事实上帕劳的鲨鱼一般都不会攻击人类，刚刚如果不是妳忽然用脚蹼打水，估计也引不起它的注意。"

原来这个男人会说普通话，这勾起李雯的好奇心，问他为什么几个小时前在巴士上问："Do I know you?"

"因为……"

叫Jerry 的救生员还未答完，尖叫声又起，他只好再度跳进海里去解救以为自己即将被鲨鱼活吞的游客。

浮潜活动结束后，大巴将游客一一送回酒店。李雯以为还有机会听Jerry 解释为什么会问那句奇怪的问话，结果那个人并没有上巴士，这让李雯挺难受的，很像便秘一整天却依旧解不出来。

她想了想，除非再次报名参加同样的活动，否则很大的概率是遇不到他了，可是这么做又显得太过刻意，而她不想让人误会自己是个大花痴。

就这样，李雯在心里向Jerry道别，此生应该不会再和他有任何交集。

李雯_7

7

缘分就是这么神奇！

隔天，当李雯办完延住手续，一转身，一个人冲着她喊："Hi，李温。"

昨天上船前，Jerry点名点到Li wen，把二声"雯"念成了一声"温"。李雯没在意（反正名字只是代号，而且只用一天），结果Jerry却记住了。

她向他走去，解释自己的名字叫李雯，不是李温，还问他怎么在这里？

"噢！对不起，我叫错名字了。"他笑了，露出洁白的牙齿，"我来此是为了接客人。"

"又到大断层浮潜？"

"不是。这次客人预定了一天的专车服务，所以我今天的身份是司机，不是救生员......对不起，我的客人到了。"说完，

Jerry走向一对年轻男女，那两人看起来像新婚夫妻，女的脚上还踩着高跟鞋。

这三人一走开，李雯立马跟过去，发现他们上的是奔驰车，车头还摆放着一对结婚娃娃。

"我就说他们是来度蜜月的。"李雯自言自语，接着一个捉狭的念头闪过，"嘻！这下好玩了。"

8

Jerry 来接她时，问："妳老公呢？"

"我还没结婚呢！"

"呃！"Jerry 望向停在酒店外的奔驰，"对不起，搞错了，我这就去把娃娃取下。"

"不用了，我喜欢看娃娃挂在车头上。"

上车后，Jerry 问她想先上哪儿观光？

"随便，你看着办。"

于是他带她参观了长堤国家公园、总统府、安德茂瀑布……等，还带她去吃帕劳有名的红树林蚌肉，干贝刺身和椰子蟹。

"我发现你并没有带我认识真正的帕劳，玩的不是还有水母湖、牛奶浴吗？吃的不是还有水果蝙蝠吗？"李雯忍不住问。

"妳预定的是车游，不包括水上活动。至于水果蝙蝠……很多游客无法接受，妳如果想吃，我现在就带妳去。"

李雯答不需要这么赶，明天再去吧！

"明天？"

"是的，我想包车一个礼拜，不通过酒店，这样你能多赚一点儿。"

"妳……妳这是在可怜我吗？"

"当然不是，真要说，也是你可怜我。"

他俩都清楚指的是什么，所以没深究下去。

一天的旅游结束后，李雯问能不能把结婚娃娃送给她？

"娃娃旧了，而且还有点儿脏。"他答。

"我不在乎，送给我吧！"

"还是不行。"他考虑了一下，"这样吧！明天我送一对新的给妳。"

因为这个承诺，李雯高兴得像得到一屋子糖果的小孩似的。

9

回到酒店房间，李雯躺在床上呈大字形，一边微笑一边回想起今日种种，仿佛做梦似的。

是的，旅途中Jerry回答了李雯一开始就想问的问题，同时还给出更多信息。

"我被一个渔夫从海里捞起，他问了很多问题，我能听懂，但我无法回答，因为我失忆了。后来那个渔夫把我带回到他的国家，也就是帕劳，还给我取了一个新名字——Jerry。为了糊口，我什么都做，但最在行的还是冲浪，所以我猜我以前可能是做这行的。"他说。

"你还是没回答我的问题。"

"对不起，我现在就回答。"他停顿了一下，"那天在车上看到妳，妳鼻尖上的痣让我有似曾相识的感觉，加上妳说我迟到了，我以为我俩认识，所以……"

原来如此！

接着Jerry问她为什么选择来帕劳旅游？李雯便把网友没看上她一事说出。

"那名网友一定是个大近视，要不就是个笨蛋！"

"为什么这么说？"

"依我看，妳的长相起码有80分。再说，人与人之间的交往不应该只看皮囊，我认为内在的东西才是最重要的。"

正因为这个回答，李雯对他的好感倍增，再听说他未婚，这不是老天爷送来的礼物吗？于是有了后来"包车一个礼拜"的决定。她猜想经过一个礼拜的相处，两人的感情应该能迅速发展，搞不好假期结束前他会向她求婚，然后她戴着婚戒回到米兰，给优美艺廊的同事们一个大大的惊喜，嘻！那才有意思呢！

10

在这一个礼拜内，李雯得到的可不止一对全新的结婚娃娃和人生第一次吃水果蝙蝠的体验，尚包括在水母湖中与成千上万只无毒水母共舞、在牛奶湖中做一场最天然的美容SPA、在德国水道中观赏蝠鲼的泳姿、在鲨鱼城里与鲨鱼一起游泳、在美人鱼水道中欣赏各种奇形异状的珊瑚、在盐湖与黄金小海蜇嬉戏、在海洋公园看海豚表演……等。

"Well," Jerry把车停下，"我已经把帕劳的主要景点和水上活动都带给妳。今天是最后一天，希望妳对我的服务还算满意。"

"我是满意，除了……"

"除了什么？"

"你还没带我冲浪过。"

Jerry说鉴于李雯从未接触过冲浪，这个需要比较长的时间。

李雯问比较长的时间是多长？

"因人而异，几天到数月皆有可能。"他答。

"听着，我的假期还剩五个多礼拜，我把这段时间通通拿来学习冲浪，你就是我的专属教练。"

Jerry听完，若有所思地说："原来妳这么有钱。"

李雯当然知道学习冲浪的课时费不会低（尤其还是一对一的包课），但不这么做的话，怎么让彼此的感情升温？还有，她是有积蓄，但也达不到真正有钱的地步，而她不想让Jerry误会她的钱是大风刮来的。

"不，我没那么有钱，现在住的五星级酒店都快住不起了。我正想搬到比较便宜的酒店，你有什么好建议？"

结果Jerry告诉她，他现在住的小木屋每个月只需20美元。如果她感兴趣，他可以问问房东还有没有空出来的房源。

"何必问？我可以跟你挤一块儿，你只需付10美元。"

"挤一块儿？这……"

"你好好考虑一下，明天见！"说完，李雯赶紧下车，否则她通红的脸颊恐怕要泄露心底的秘密。

次日，Jerry到酒店帮李雯搬行李。月租金20美元的小木屋不大，塞进两个行李箱后，基本只容转身，但李雯不在乎。对她而言，身体的距离近了，心的距离还会远吗？而这正是她想要的。

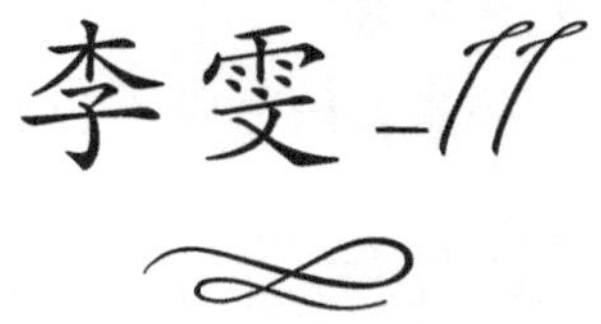

II

他俩的第一次，李雯的需求胜过Jerry，但李雯不介意，心想假以时日，他的感觉会回来的，届时就能达到水乳交融的程度。

就这样，白天他俩是教练和学员的关系；夜里便成了恋人的关系（至少李雯是这么认定的）。

这一天，当他们出门冲浪时，空气中已有很浓烈的海腥味及湿气。

"怕是要下雨了，还是改天再去吧！"Jerry说。

"不，就今天，我不怕下雨。"

不知怎的，Jerry好像被当头一棒。

"你怎么了？"她问。

他看着李雯，她鼻尖上的痣依旧，但有另一张脸孔忽隐忽现，相互交替的结果，一会儿是李雯，一会儿不是。

"没什么。"Jerry用力眨一下眼睛，"既然妳想去，当然我陪妳。"

帕劳这个岛国由火山岛和珊瑚岛组成，岛的四周偶有深达200米至1000米的海沟，很容易形成2至3米高的波浪，换言之，这样的海域是冲浪的最佳场所。

Jerry身为冲浪教练，他当然知道哪个区域好冲浪。

兴许是天气的缘故，今日的海比往常要波涛汹涌许多。对于老手而言，这无疑更具挑战性，但对新手来说，可就没那么友好了。

"怎么样？"Jerry游向落水的李雯，"还可以吧？！"

"嗯！没问题。"李雯答。

于是他们又重新站上冲浪板。

Jerry计划等乌云占据1/3个天空时就打道回府，没想到成功冲上几个危险的浪点之后，乌云已经压顶了。

"得赶紧撤。"他心想。

然而此时到处都见不到李雯的身影。他来来回回地寻找，即使大雨打得睁不开眼睛，体能也快耗尽，他依旧不放弃，最后终于看到一个漂浮在水面上的躯体。

"拜托，绝对不能死！"Jerry边祈祷边向李雯游去。

李雯—12

12

再次被救，李雯的感恩之心与爱慕之情已经不能用言语表达，她问Jerry要不要跟她一起回米兰？

"为什么？"他反问。

这还用问吗？米兰是首屈一指的大城市，是无数人想挤身的时尚殿堂，比起帕劳的"原生态"，米兰像座五光十色的都市丛林，分分钟能让人实现财务自由和阶级跨越。换言之，它是人生中难能可贵的跳板……

老实说，Jerry对这些都不感兴趣，但不介意上那儿瞧瞧，心想如果不喜欢，大不了再回来。可是李雯却误会了，她认为这是Jerry爱的表现，否则怎会随她到一个人生地不熟的国家？

"放心，以你无懈可击的形体，我相信很快能找到走台步的工作。"李雯信心满满地说。

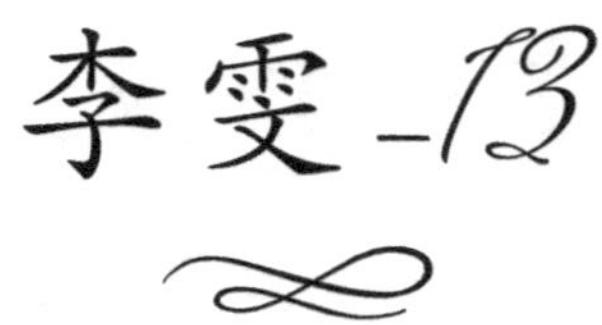

13

李雯的公寓在米兰市中心，虽然只有一房一厅，但每个功能区都很宽敞，即使多一个人居住也不显拥挤。

"怎么样？还喜欢吧？！"李雯问。

"不错。"

Jerry嘴巴答不错，但心里却不怎么开心。打从出租车一进入市区，到处都是人、车和高耸入云的建筑物，让人直喘不过气来。再说这公寓，空间是比他之前住过的小木屋大，但一走出来，哪有什么"一望无际"的景象？他感觉自己好像被圈养起来，这一点儿也不好玩。

"明天开始，我就要上班去，早十晚六。你在家好好学习意大利语，等能应付日常会话时，我再带你面试模特儿的工作。"李雯对他说。

这是李雯的未来蓝图，她继续销售艺术品，男友则从事模特儿的工作（由于她不能随侍在侧，所以Jerry必须拥有基本的意语交流能力）。

"我试试吧！"他答。

头几天，Jerry天天窝在公寓里学习意语，后来实在太压抑，便出外溜达。渐渐地，只要李雯前脚一走，他后脚也跟上，因为只有在阳光下，他才感觉自己还活着，没有被这个世界遗忘。

李雯当然也察觉到他的不开心，帮投简历的速度也加快了，原因有二：

1、只要Jerry开始工作，活力自然会回来，也就不会不开心。

2、Jerry 的签证是有时效性的，她必须赶在旅游签证结束前帮他获得工作签证。

当然，如果最后仍无法达到目的，她还有B计划，那就是走结婚这条路（先申请夫妻团聚签证，其他的可以慢慢来）。

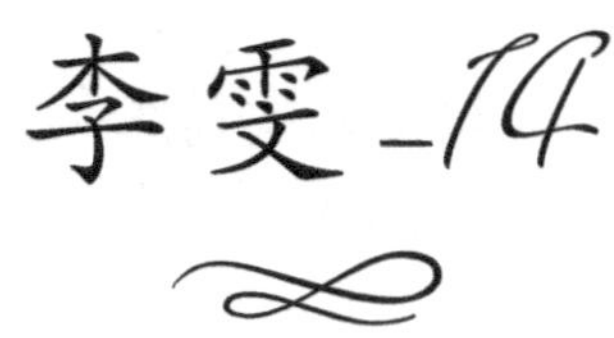

14

李雯这厢计划得好好的，没想到却被三年前的骗子给破坏了。

"你以为我会相信你胡乱编造的谎言？"她问。

"这就是事实，"许舟显得无奈，"如果妳想要我的上级领导作证，我可以安排，不过也许妳会进一步怀疑上级领导是我找来的演员。"

李雯的愤怒油然而生，而更加令她生气的是结果正如许舟所言，Jerry（或者他所说的启东）悄咪咪地走了，连只字片语也没留下。

"这是许舟安排的无疑，为的是夺走我好不容易才得来的幸福。"李雯愤恨地想着。

两年的职场翻滚，李雯早已不是忍气吞声的学生妹。隔天她打电话报警，指控许舟骚扰她。

"李雯，妳不相信我，我可以理解，但说我骚扰妳未免……未免太过？既然这样，妳何不亲自飞到锡亚高一探究竟？启东是岛上唯一一家华人冲浪俱乐部的少东，妳不会错过的。"许舟当着警察的面说。

李雯想想不无道理，次日一早便搭上飞往锡亚高的班机。

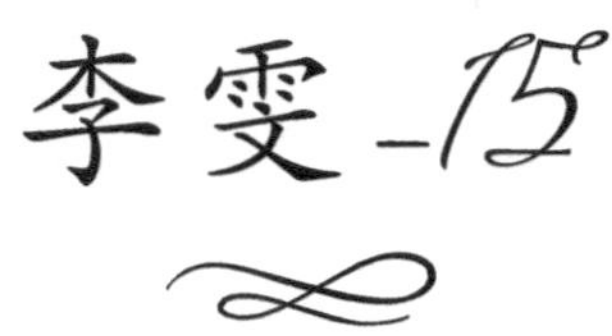

15

依着当地人的指示，李雯来到一个离海不远的大平层建筑，玻璃门上贴着手写的招牌"大中华冲浪俱乐部"，从墨水的新鲜度来看，应该是新近写的。

"这字写得歪歪扭扭的，如果由我来写，肯定好看许多。"李雯心想。

突然，玻璃门被拉开，一名头发花白的华人问她是否想学冲浪？

李雯答是，于是老人做了个"请进"的动作。

一进店，李雯就被满墙的照片给吸引住。

"那些都是教练和学员的合照。"老人解释。

李雯指着其中一张，还没开口，老人便说那是他儿子启东，现在上课去了。

原来许舟没骗人，Jerry的真实姓名叫启东。

"如果妳赶时间，我们还有其他教练，马上就能上课。"启东的父亲又说。

于是李雯问俱乐部有没有女教练？

"妳运气好，我们的女教练刚回归不久。"

"好，就要她！"

李雯话一答完，老人拉开玻璃门向外喊："里格宾玛其珠～"

"来了！"

一个有着小麦肤色且浓眉大眼的年轻女子匆匆赶来，李雯第一眼就认出这是拐走启东的人，因为她鼻尖上也有一颗痣，位置与自己的一模一样。

"来钱了。"老人对突然现身的女人说，然后指着李雯。

"原来妳就是我今天的生活费。"那女人笑了，"妳好，我是杨梅。"

"我……我是……安妮。"李雯随便取了个名字，怕泄露了自己的身份。

"安妮，妳先填写表格，写完再缴费，然后就可以开始上课了。"杨梅说。

李雯在表格上填写自己是初学者，如此一来才能有比较多的岸上练习动作，她也才有机会与这个拐走启东的女人做深入交谈。

等缴完费又租下一个冲浪板后，李雯跟着杨梅往外走去。

路上，李雯问她"里格宾玛其珠"是什么意思？

"里格是姓，宾玛其珠是名，我是摩梭人，杨梅是我的汉文名。"她三言两语就把两个名字的关系解释得清清楚楚。

"妳是摩梭人？"

"我是。"她笑了，"不像吗？"

李雯发现杨梅很爱笑，这大概是她俩之间最大的差别。

"我也不清楚摩梭人长什么样，妳是我认识的第一个摩梭人。"

"是吗？太好了！"

李雯搞不懂好在哪里？但也说不出哪里不好，所以保持沉默。

到了岸边，杨梅示范了几个基本动作，李雯故意做不好，还表现出气喘吁吁的样子。

"看来妳很少运动，要不要休息一下？"杨梅问。

李雯求之不得。

于是她俩坐在各自的冲浪板上，杨梅的那一个是橙红色的，颜色已经褪了。

"妳的冲浪板是自己买的吗？"李雯问。

"不是。"杨梅抚摸冲浪板，"这是我老公送的，已经是很久以前的事了。"

"老……老公？"李雯大惊失色，"我以为摩梭人不结婚。"

杨梅解释本族人走婚，但与外族人通婚还是需要有结婚手续。

听完，李雯极度沮丧，什么都完了！

"妳还好吧？！"杨梅问。

"我很好，"李雯打起精神，"能说说妳和……妳老公的故事吗？"

"当然可以。"

接下来，杨梅娓娓道来她和启东的故事。

"你俩就这么走了，有没有考虑到李雯会有多难过？"李雯停顿了一下，"人总得将心比心，不能尽想着自己。"

"我的想法与妳不同，我认为长痛不如短痛。如果李雯有心，她会上这里寻找启东，到时候我会给她忠告。"

李雯问什么忠告？杨梅便把那个奇怪的咖啡馆道出。

"真有那么诡异的事？"李雯问。

"妳若不信，何不亲自试试？"

话甫歇，李雯听到有人唤"羊妹妹"。

"启东，我在这儿，"杨梅大力挥手，"你过来。"

知道启东正往这里走来，李雯佯装肚疼，得马上如厕。

"快！"杨梅手指相反的方向，"到那边的树林里去。"

李雯一溜烟跑走了。

"那个人是谁？"启东向杨梅走来，"今天的新学员吗？"

"是的，她的名字叫安妮。"

"安妮？背影有点儿像……"

"启东，我的脚好像扭到了。"

于是启东跪了下来，这边摸摸，那边瞧瞧，一副迷惑的样子。

"哈！骗你的。"

"What? 竟敢骗我？！看我怎么治妳！"

李雯站在树林边，把那两人嬉戏的情景全纳入眼底，心里酸酸的，因为启东和她在一起时，从来没那么快乐过。

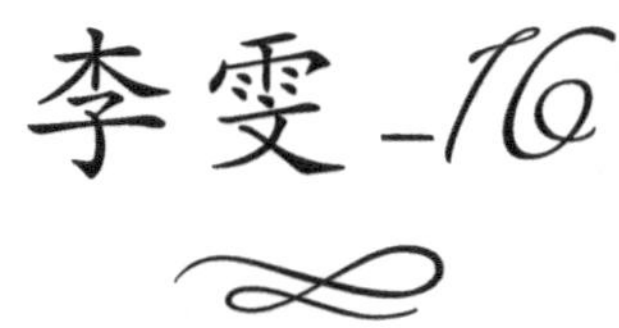

16

李雯意兴阑珊地走进酒店大堂，前台服务员喊住她，给了她一张明天的早餐券。

"No，I don't need it." 她说。

前台服务员解释酒店早餐是自助式的，不输五星级酒店。

李雯回答她待会儿就退房，所以不需要早餐券。

"Why?" 前台服务员不解地问，因为眼前的客人今天才办理入住。

李雯胡乱给了个理由，但只有自己心里清楚——这个岛屿不能再待下去，唯有马上逃离才能减轻伤痛。

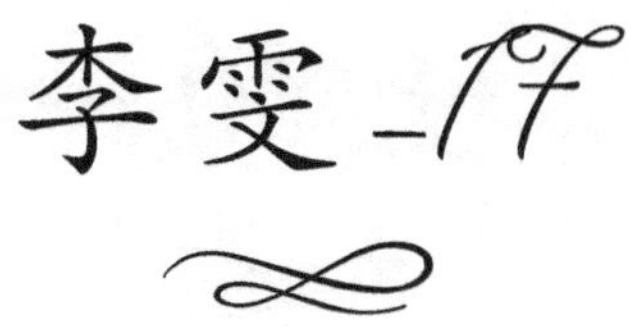

17

在机场，李雯本来应该飞米兰，不知怎的，后来改主意了。

"见证完那个诡异的咖啡馆，刚好可以回家一趟。我已经八年没回，爸妈一定很想念我！"李雯替自己的任性之举找到了借口。

梧桐路上的李雯……

一下机，李雯便把羽绒服裹上身，她没想到这里比米兰还冷。

坐上出租车后，李雯告诉司机自己要到梧桐路。

"梧桐路几号？"司机问。

"几号？我也不清楚。这样吧！你把我放在有着碧绿梧桐树的地方。"

司机听完哈哈大笑，李雯问他笑什么？

"梧桐路之所以叫梧桐路，正因为路两旁全是梧桐树。还有，现在是冬天，梧桐树的树叶早掉光了，妳若想找碧绿的梧桐树，基本不会有。"他答。

这无疑当头一棒！

杨梅说那家咖啡馆的附近有很多碧绿的梧桐树，李雯压根儿没想到季节变了，植物的状态也会跟着变。

"那……那把我放在梧桐路上的咖啡馆前。"李雯退而求其次。

"好咧！"

司机后来不负所托，真的把车子停在咖啡馆前，可是当李雯察觉不对时，出租车已经绝尘而去。

与她同样感到惋惜的还包括一名男子，他的身后背着一个登山包。

"这司机的动作可真快！"男子像是对自己说，又像是对李雯说。

"再等等吧！也许下一辆空出租车很快会来。"李雯对他说。

"我已经等了十多分钟了，看见有出租车停下，立马跑过来，可惜还是晚了一步。"他转看李雯，"对了，看妳望眼欲穿的样子，是不是有东西落在车上？"

"没有，只是这家咖啡馆不是我想找的，我以为还可以重新上车。"

男子问她想找的咖啡馆叫什么名？李雯答她也不清楚，只知道这家咖啡馆从外面看不见里面，门口还立了一个人字板……

"我知道这家，"男子立即插话，"几个礼拜前我曾想进去喝杯咖啡，结果不得其门而入。"

"为什么？"

"门锁住了，开不了。"

"停止营业吗？"

"怪就怪在这里，门上挂着'营业中'的牌子，但实际情况却非如此。"

李雯不禁担心起来，万一今天也没开门营业，她得就近找家酒店住下。这还不是最糟糕的，如果天天不营业，她怎么办？老家离此地很远，她可没那个精力和时间来回奔波。

"我想这就是我在找的咖啡馆，你可以告诉我怎么走吗？"

“当然可以。”

男子指路完毕，一辆空出租车适时来到，他即刻拦下。

“谢谢哈！”李雯对他说。

“不客气。”男子把登山包扔进后车座，“祝妳喝得上咖啡！”

出租车离开后，李雯拖着行李箱往前走，果然如同方才的男子所言，照相馆的旁边正是她想找的咖啡馆。

“凡以神仕者，掌三辰之法，以犹鬼神示之居，在女曰巫，在男曰觋。”念完人字板上的文字，李雯抬起头，看到门头招牌，“原来是这个店名，‘觋’字下方还标了读音，怎么杨梅说她看不懂呢？”

正当李雯想走过去开门时，“扣”的一声，门开了。这倒好，她不用担心自己进不去。

“欢迎光临！”柜台前一位瘦高的年轻人对她说。

“你好，我……”

“不急，妳先看看店里的东西，有事叫我哈！”

年轻人说完，转身进入柜台后的房间内。

李雯把行李箱摆在鸟架旁的空位上，接着四处张望。

没进店之前，她以为里面会很阴暗，实际不然。还有，店里陈设的东西和杨梅描述过的基本吻合，除了那条荧光绿的毯子看着有些扎眼及格格不入外，没超出她的想象。

正当李雯伸手想掀开那条刺眼的毯子，好瞧瞧底下有什么时，一个打扮得像参加万圣节游行的中年妇女出现了。

“天气冷，快来喝杯热的。”大妈笑咪咪地说，然后把白瓷盖碗放在店内唯一的桌子上。

这下子李雯只好打消偷窥的念头，回到椅子上坐好。

"妳怎么知道我爱喝茉莉花茶？"李雯打开杯盖后，很惊喜地问。

"这是我的工作。"

"工作？妳……"

"趁热喝吧！我好开始工作。"

李雯忆起杨梅说过的话（这家咖啡馆的店员有两位，一男一女，还有，店员会根据客人喝剩的饮料给预言或忠告），于是端起碗来喝。由于茶水很烫，她喝了一小口便放下。

大妈坐下后，捡起白瓷碗查看，说："我以为妳至少会喝完一半。"

"那我接着喝好了。"

"不，不需要刻意，"她继续看着茶水，"那个男人好像很开心的样子。"

"男人？谁？"

大妈说她看到一个男人在冲浪，皮肤很黑，牙齿很白，但不清楚名字叫什么。

"原来是启东，"李雯立刻对号入座，"他是应该开心，刚新婚的人怎会不开心？"

"不，他没结婚。"大妈很笃定地答。

"可是……"李雯忽然灵光乍现，顿时怒火中烧，"臭婊子，竟敢骗我！"

大妈要李雯稍安勿躁，那男人是没结婚，但他很爱一个女人。

"女人？谁？"

大妈又看着白瓷碗里淡黄色的液体，答："她也在冲浪，和方才的男人一前一后。"

原来是杨梅，李雯顿时没了力气。

"别气馁，"大妈安慰她，"我还看到一个男人，他很爱妳。"

"别说是我爸。"

"没那么老，他的体型有点儿壮，看起来不怒自威。"

莫非大妈指的是许舟？

"不，不可能是他，"李雯即刻否定，"爱一个人怎么可能谎话连篇？

"他不是解释过了，妳怎么就不信？"大妈说。

"我……等等，妳怎么知道他解释过了？"

"妳喝过的茉莉花茶告诉我的。"

李雯又忆起杨梅说过的话，所以姑且信之。

"茶水还说了什么？"李雯接着问。

"它还说这个爱妳的男人把一个重要的东西放在胡桃木的盒子里。"

"胡桃木的盒子？这里吗？"

"是的。"

李雯站起身左看右瞧，很快便发现它的踪迹。她走向置物架，把手落在一个胡桃木制的盒子上，打开一看，里面是一枚美得摄人心魄的戒指。

"太美了！"她忍不住赞叹。

"爱妳的男人也说太美了，妳一定会喜欢这枚戒指。"大妈补上一句。

"他真这么说？"李雯若有所思，"可是把戒指留在这里又是什么意思？他就不能说句痛快话吗？"

此时"嘎"的一声传来，停在鸟架上一动也不动的黑鸟忽然张开翅膀在室内盘旋。几个来回之后，它把那条荧光绿的毯子叼到圆桌上。

"谢谢你，飒耶。"大妈对它说。

然后鸟儿重新回到鸟架上，再次一动也不动。

"你……"李雯气炸了，因为发现毯子下有一个人，"你一直躲在这里偷听？"

"这……这不算偷听，"许舟显得狼狈，"我先来的，杨梅说也许我可以从这家咖啡馆得到一些预言或忠告。"

"杨梅也这么对我说。"李雯喃喃道。

许舟明显松了一口气。

"可是这不代表我原谅你了。"她追加一句。

"妳原不原谅我，先摆一边，我现在就想给妳一句痛快话。"

"什么？"

许舟取出胡桃木盒子內的戒指，然后单膝下跪，说："李雯，我爱妳，嫁给我吧！"

李雯顿时感慨万千，她等的不正是这个？可是她的心中还有气，所以迟迟不肯给答复。

"雯，嫁给我吧！"许舟又说了一遍。

"等下雪时，我再回答你。"说完，她愆然而去。

然而门一打开，飘进了几朵雪花，原来外面不知何时已成了冰雪世界。

"小姑娘，他还在等妳的答复。"背后传来大妈的声音。

由于许久没有回音，许舟遂走向李雯，轻轻地扳过她的身子，发现她已泪流满面。

"对不起，我不是故意的，如果……"

"我愿意。"

"什么？"

"我说我愿意，"李雯笑着流泪，"你这个大傻瓜！"

后记

许舟和李雯走后，人们再也找不到巫觋咖啡馆，倒是原址（照相馆旁）出现了一家杂货铺，看起来年久失修的样子……

《完结》

作者介绍

在异国的背景下加入缠绵悱恻的爱情故事是B杜小说的一大特点，她的文笔清新、笔触诙谐、画面感很强，读完小说有种看完一部爱情偶像剧的感觉，特别适合怀春少女及对爱情有憧憬的女性阅读。

另外，B杜还创作了系列小说（马力历险记、极短篇故事集、巫觋店等），欢迎关注。

Also by B杜

《巫覡咖啡館之梧桐路篇》（繁體字版）The Witch & Warlock Café on Wutong Road（in traditional Chinese characters）

* * *

《法兰西情人》Love in France

《东瀛之爱》Love in Japan

《新西兰之恋》Love in New Zealand

《英伦玫瑰》Love in England

《爱在暹罗》Love in Thailand

《情定布拉格》Love in Prague

《狮城情缘》Love in Singapore

《爱上比佛利》Love in Beverly Hills

《梦回枫叶国》Love in Canada

《早安，欧巴》Love in Korea

《我在苏黎世等风也等你》Love in Switzerland

《迪拜公主的秘密情人》 Love in Dubai

《马力历险记 1 之地球轴心》 The Adventures of Ma Li (1): The Time Axis

《马力历险记 2 之黄金国》 The Adventures of Ma Li (2): Eldorado

《马力历险记 3 之可可岛宝藏》 The Adventures of Ma Li (3): The Treasure of Cocos Island

《B杜极短篇故事集 (1~100)》 A Word to the Wise (Tales 1~100)

《B杜极短篇故事集 (101~200)》 A Word to the Wise (Tales 101~200)

《B杜极短篇故事集 (201~300)》 A Word to the Wise (Tales 201~300)

《B杜极短篇故事集 (301~400)》 A Word to the Wise (Tales 301~400)